瑠璃色の琥珀

澤 我二
SAWA Kouji

文芸社

瑠璃色の琥珀　目次

瑠璃色の琥珀

第一章　天空のスター達

◇頭上にきらめく星々の想い出

僕は母と姉と兄と一緒に春の動物園に来ていた。父親は仕事で忙しく週末とはいえ休みが取れず、家族の団欒は母親を中心にどこかに出掛けることが多い時代であった。

動物園では、動物のやさしく物静かな鳴き声があちらこちらから聞こえ、まだ幼稚園に入っていない僕の耳に響き渡っていた。

少し暑さを感じる五月であった。木々の新緑の葉っぱは、日々その色を濃くし春の力強さを表し始めていた。楠が古い葉っぱを自分の枝からガサガサと音を立てて落とし始めていた。

僕は不思議な鳴き声を耳にした。大人のすき間をくぐって、その声のする方向に走り出していた。一緒にいた姉や兄に何も言わず、その鳴き声のする方向に足を進めた。何も判断できない本当に小さな子供だ。あっという間に迷子になったらしい。

母親にずっと手を引かれていたが、母親が姉のためにアイスか何かをお店で買った時に僕の手を離した。母親が売店でお金を払っているほんの一瞬のことであった。

汗ばむような天気の中で母親は焦ったそうだ。

動物園と博物館との共通点は「調査研究」「教育の普及」「レクリエーション的展示公開」などである。大きな違いは「種の保存」か「資料収集保存」であり、動物園では生きているものを扱っていることであろう。だから母親は動物園にはあちらこちらに「天狗」が隠れていると思っていたらしく、その天狗にさらわれてしまったのではないかと心配していたと後で知った。

僕は自分が迷子になったと思っていなかった。だから、泣きはしない。その当時のことを思い出すと「迷子になっていたらしい」と今でも思っている。それがかえって大変なことだった。

小さな子供が泣いていたら、周りの人は「この子は迷子じゃないの」と考えるだろう。それが人間味のある社会である。

小さな子供が一人で泣かずに一生懸命に動物を見ていたら、誰もがこの子が迷子だとは思わないに違いない。それも人間味のある社会である。

僕が見ていた動物は人気も無く、どう見ても動物園の花形の動物とは言えない。大きくも小さくもなく動きものろい。この動物園の場末の動物をわざわざ見に来る人はいない。動物園に来なくても普通に人間社会の中で生きている動物と思われていたからだ。

僕の後ろを通り過ぎる家族連れは、他の動物を見るためのショートカットの道として選んで歩みを進めている。そのために、この動物の檻の前で足を止めることも無かったようだ。

母親は死に物狂いで僕を探していたらしい。家族という成り立ちの中では至極当然なことだろう。

母親は小さな僕をすぐに見つけることができなかった。僕が大きな声で泣いていれば、その声で簡単に見つけることができたであろう。子供の声を聞き分けられるのも親の素晴らしい能力である。親ばかりでなく、人間は人の声で人を区別することもできる。その人と出会った時の容姿だけでなく、声によっても区別しているのだろう。今でも親友や入社同期の友人の声は、自分の記憶の中に不思議と根付いている。素晴らしい能力だ。動物も同じであろう。

母親には悪いがその時、僕は初めての独《ひと》り法師《ぼっち》を楽しんでいたようだ。

「〈象が好きだ〉といつも言っているから、象のいる所にいるんじゃないの」

姉のひと言で、母親と姉や兄が象の檻の方向を目指したらしい。

姉の予想は半分当たっていた。象の檻への通り道の途中に僕がいた。僕のいる場所に家族がそろってやって来た。僕が迷子になってから一時間が経っていたようだ。

「どこ行っていたんだよ、心配したぞー」

僕は母親の言葉や様子を、今でもしっかりと覚えている。

「僕、この動物がこっち来いよと言うからここに来たんだ。この動物、僕と友達になりたがっているんだもん」

母親は僕の頭の天辺《てっぺん》をげんこつで、思いっきり殴ってきた。

目の前にたくさんの星がきらめいた。

その痛さで、僕は初めて泣いた。動物園に響き渡るほどの大きな声で泣いた。僕が見ていた動物は僕の大きな泣き声にびっくりしたようで、その姿が一瞬でどこかに消えていった。

その後、母親が僕を「ぎゅっ」と抱きしめてくれた。今でも昨日のことのように僕の心の中の記憶に残っている。僕の人生の初めての記憶である。人の温かみを知った初めてのハグでもあった。

〈一人になっても強く生きていこう。周辺の人にしっかりと気を使わなくてはいけない〉

物心つき始めた小さな時に、自分の頭をなでながら反省した一日であった。

◇出会い

あの迷子事件を契機に、僕は良い子に変身していた。

普通に大学を卒業して就職をして、お見合いで結婚して普通に家族を持つことができた。

会社に出掛ける準備をしながら新聞を読んでいた。その新聞に、大学の時の親友の記事が載っていた。彼の名前を見つけた時、昔の記憶がどっと甦ってきた。

大学の入学式のその日、午後から各学部のオリエンテーションが行われた。彼は、僕が学生として初めて話をした同窓生だ。

学部の先輩が開催する歓迎会でたまたま隣同士になった。彼と意気投合した。大学入試制度が一期と二期の制度の最終年度の入試であり、彼の出身高校の名前を僕は進学校として知っていた。

彼は自宅通学であり、僕は下宿生活であった。

大学生活が始まると下宿生活には不安が多くあり、名古屋のことも全く知らないから、僕は彼にいろいろと相談し始めていた。

東京の大学と違って名古屋の大学はちょうどいい生活のしやすい大学なのだと今になって強く感じている。その名古屋で学生生活を送れたことは僕の人生においてプラスになっていると思う。

大学生活も落ち着き始めた夏休み前に、彼から提案があった。

「三年生の夏に、ヨーロッパに行かないか？」

「いくらかかるかなあ」

「百万くらいかも。八十日かけてヨーロッパ各地を回ろう」

「夏休みは六十日しかないけど」

「そうさ、だから夏休みの少し前から講義を休んで行くのはどうだろう。航空費用も少し安く行ける時期だ」

「でも夏休み明けに、単位に絡む試験があるだろう？」

「それは段取り次第だ。まだ二年もあるから、今からしっかりと計画的に単位を取得することを考えていこうぜ」

「ツアー申込とかするとか？」

「今、流行りのバックパッカー。できるだけユースホステルに泊まるという予定でどうだろう。行き当たりバッタリのぶらり旅だ」


僕はアルバイトでお金を貯めることになった。父親は僕が高校三年生の時に他界している。母親一人の収入では、母親も僕自身も生活ができないことは十分理解していた。

とにかく大学一年生の夏から、バックパッカーの夢を見て二年間を計画的に過ごした。大きな目標を持って計画的に物事を進めるという、一本の筋の通った考えを持つことができた。そのことが僕の社会人の人生の中で大きな生活の礎になっている。やるべきことを計画的に進める。メリハリをつけて目標を掲げてぶれない生活をする。てきぱきと動く。それが自分の信念になっていた。

そんな経験をさせてくれた彼の近況を、新聞で知ることになるとは思わなかった。人はこの世に生を受けた時は身ひとつであったはずだ。この世で命を失う時も身ひとつだ。しかし、人生でいろいろと経験をすることによって、死ぬ時は独り法師ではないと感じることができるはずだ。僕がそう思っているだけかもしれない。

彼とヨーロッパを一周して、日本に帰って来たのは九月十日。六月二十日に名古屋を出発したから、予定通り八十日間のバックパッカーの「ぶらり旅」であった。

大学に戻ると、すぐに試験の連続であった。

記憶を求められる試験はなるべくパスして、単位取得科目の選択をしていた。講義を聞いて基本を理解していれば回答できる記述式の単位科目をターゲットに試験を受けた。例えば、東海沖地震について説明しなさいなどの質問には、しっかり基本を学んでいたらある程度の回答が書ける。その回答内容について教授が評価するわけで、○×で点数化するものではない。試験勉強をする時間が無いから○×の採点の試験を避けて記述式の試験を受けることにした。

○○を唱えた人は誰かという暗記的な試験は、しっかり勉強しない限り○が付かない。

そのような記憶を求める試験は、今の時代ネットで調べれば十分分かることである。

ヨーロッパへの出発まで、必須単位の講義は絶対に欠席せずすべての講義を最前列で受けた。そのことも単位取得のための戦略であった。講義会場で初めて会う教授という一人の人間に、自分の存在や顔を覚えてもらうチャンスでもある。

講義に出ていたのに試験を受けていないとなると〈なぜだろう〉と思うのが人間であるはずだ。教授といえども一人の人間だ。

試験を受けずに教授と廊下ですれ違った時に声をかけてくれたこともあった。

「おう、どうしていた？　どうして試験を受けなかったのか？」

試験を受けなかった本当の理由の説明ができた。

四年生になるとゼミという名の下、学生は研究室に在籍して最後の卒業論文を作成することになる。各研究室では教授もやる気のある生徒が欲しいに決まっている。一生懸命に講義を聞いてくれている学生が欲しいことは、人の心理としては当たり前のことかもしれない。すべての講義を一度も休むことなく、しっかりと聞くことはなかなかできることではない。

学生に寄り添ってくれる教授の中には、他の気遣いをしてくれた教授もいた。赤点の人だけに再テストをするのでなく、優良可の評価において一回目は八十点以上を「優」として評価し、再テストの二回目では九十点以上を「優」と評価するという方法を試験前に公言してくれていた。

就職活動の時に、得意分野の説明でその科目の成績が良くなかったりした時は、就職面談の時にその説明に苦慮するだろう。だから再試験で高得点が得られれば「良」を「優」にレベルアップする機会を与えてくれたと感謝している。

その一方で、レポートの提出が一分遅れただけで必須単位を与えずに一年留年させていた教授もいた。

「社会人になれば、時間厳守が基本」

仕事にはいろいろな事情があり、それを対等に判断することが今の社会では必要である。その教授の考え方は間違っていると今では強く思う。レポートの締め切りに一分遅れて一年留年した人の思いを考えると、教育的に時間を守ることを教えるレベルを超えて、その人の人生を左右するペナルティーであったと思う。

その辺の駆け引きも、大学三年生の秋の試験の時に身に付けた。ルールを守って何ができるか、何をしなければならないかを見極めて自己研鑽することに繋がっていると考えている。自分自身の身で体験してきたことである。僕の人生でとても役に立つ経験だった。

彼は大学卒業後、東京大学の大学院に進んだ。彼が大学四年生で選んだゼミの教授が、僕らが大学を卒業する時の三月に大学を辞めることになり、その教授は学生の指導に力が入っていなかったようだった。彼にとって不完全燃焼の大学生活になったのだろう。就職活動の時と重なり、彼はそれなりに悩んだに違いない。彼は一年浪人して東京大学の大学院に進んだ。

一方、僕はその大学を卒業してゼネコンに入社した。彼とは時々連絡をしていたが、彼から〈一年イタリアに留学する〉と言われ、僕も会社生活が主軸となり疎遠になっていた。

しかし、彼とはすごい縁があった。

彼は東京大学の大学院を卒業して、僕と同じ会社に入社してきたのであった。彼は東京本店勤務になった。それなりに二人の連絡が再開し、彼には僕の結婚式にも出席してもらった。彼は結婚式で結婚のお祝いで有名な三河万歳《みかわまんざい》を披露してくれた。

僕は彼を本当の親友と感じ始めていた。

◇死別

しばらくして、彼は東京本店から大手設計事務所に出向したという噂を聞いた。バブル真っ盛りの時期であり、かなり忙しい状況が続いていたと推察する。久しぶりに連絡してみると、彼は休職中だということであった。

会社に出る前に読んでいた新聞で彼の死亡に関する記事に遭遇した。精神的に大変なことがあり、出向先でいろいろと孤独を感じていたのかもしれない。精神的に病んでしまい早朝に家を出てぶらぶらしていたところで交通事故に遭ってしまったらしい。何も持っていなかったから事故に遭ってから一週間後に身元が分かったということで、新聞記事になったことは理解できた。

すぐに、彼の実家に電話をした。

彼の弟さんが電話口に出てくれた。

「彼に今までのお礼を伝えたく、伺いたいのですが」

「お気持ちだけ受けさせてもらいます。私が高校三年生の時、兄と二人でバックパックを背負って家から一緒に出掛けた方ですね。あの時、本当に仲良しでうらやましいと思ったこと、お二人の後ろ姿を今でもはっきりと覚えています」

「あの日は良い天気で暑かったです。覚えていてくれましたか」

「兄はあのヨーロッパ旅行から帰って来ていろいろと話をしてくれました。とても良い想い出だったと……いろんな話をしてくれました。兄と一緒にヨーロッパを駆け巡ってくれてありがとうございました」

電話口で、しばらく無言の時間があった。

「兄は一人になることがほとんど無く、自分から積極的に行動することも少なく、人に流される性格でした。だから……バックパックを背負って二人でうれしそうに出掛けた兄の姿、私にとっても、とてもいい兄の想い出になっています。本当に……ありがとうございました。今回は、お気持ちだけで……家族だけでそっとお葬式を挙げたいと思いますので」

彼の弟さんの話を聞けて、彼との人生のお付き合いの記憶を僕の心の一番深く一番大切なところに仕舞うことができた。

「彼も、星になってしまったのだなあ」

彼は「北斗七星」が好きであった。ヨーロッパで野宿した時も、北斗七星を見つけ北の方向を確認していた。満天の星を眺めながら次の街まで、二人で夜を徹して足を進めたことも思い出された。

彼の死を知って、僕は初めて独り法師《ひとぼっち》になったと感じた。

高校を卒業して親元を離れ一人の生活が始まって以来、周りから疎外感を感じさせられても、自分の悩みで自分の内面との葛藤があった時も、彼の存在で孤独感を感じることが無かった。その時は人生の目標とするものが「将来」という言葉の中に隠れているようであった。ワクワクしていた時だったと僕は思い起こしていた。

彼の死以降の会社生活において、僕の人生にはいろいろな出来事があった。人の心の中には多かれ少なかれ、誰にも言えない大切でいつまでも変わらない想い出があるはずだ。

いつまでも変わらない北斗七星を仰ぎ、彼の姿を心に刻み、僕は自分のニックネームを「北斗《ほくと》　光星《こうせい》」とすることに決めた。

彼の死を知ってからどのくらい歳月が過ぎたであろうか。

僕は二人の娘を授かり、その二人の娘も成人を迎えることができた。娘が大きくなるにしたがって、家内と娘二人は三姉妹のように仲良く楽しそうに生活をしている。

家族の中では僕は男一人であり、何をするにも孤独であった。家族旅行でもいつも車の運転手であり、特に帰りなど家族は皆ぐっすり眠っている。家に着くとカーナビだけが「お疲れさまでした」と言ってくれる。家族とはそういうものだ。だから「御一人様」をいやだと感じることが無かった。僕の気持ちはあの鳴き声の動物のいる場所までたどり着いた、幼い時の満足感に似ていた。

そんな僕も、ふらりと入った鉱物の博物館で特別な「琥珀」を見た時、今までの想い出が強く甦ってきた。涙の滴のような形をした琥珀の中に、蟻のような小さな虫が閉じ込められていたのであった。まるで自分が閉じ込められたように感じたのだ。

「よく頑張って働いてきたね。永遠に自分の姿を閉じ込めてもらって良かったね。それに瑠璃色に光るアンバー、初めて見たよ」

人の心の中には数多くの「想い出」が存在している。それらの「想い出」は、父親や母親や兄弟姉妹のことだったり、子供のことだったり、学生生活のことだったり、親友や友人のことだったり、仕事のことだったり、遊び仲間のことだったりすることが多い。

それぞれの人に、人によって違う「想い出」が存在している。その人の心の「想い出」を自分だけの「琥珀」に閉じ込めることができたらいいなあと僕は思った。

◇天空に輝く星々

親友との別れの少し前に、もう一人の別れも経験していた。入社同期の友人との死別である。彼は三日月から上弦の「にっ」と笑ったお月様のような存在であった。

僕達はバブルに入る少し前の不況の時代に、大阪に本社のあるゼネコンに入社できた仲間であった。各企業がゼロ採用の反省から、必要最低限の人材を長期的な視点で採用していた時代であった。

配属部署などはほとんどが会社まかせの時代でもあった。社内では団塊の世代の人達が多く在籍しており、今の時代では考えられないパワハラなども横行していた時代だ。頭でっかちの会社組織が続いていた。配属部署によっては上司が数人いるような状態でもあった。上司の中には部下を頭ごなしに厳しく、小間使いのように扱う人もいたことも見聞きしていた。

その中でいつも笑顔が絶えない前向きな事務系の同期の友人に出会った。会社の人的資産はいびつな状態であり、そのためか夢を持って人生をスタートした新人という星が、ブラックホールにどんどん吸い込まれた時代でもあった。僕も新人として悩みがあったのかもしれない。そんな姿を見てか講習会の合間に大阪弁で話しかけてきてくれた同期の人がいた。

「茶、しばきに行こッ。人生明るく前向きに生きよまい」

その人は典型的な関西人で、人なつっこく何事にもへこたれない性格で、辛いことも笑いに変える力に満ちていた。僕にいつも明るく前向きに生きていく姿勢を教えてくれていた。技術系の僕はどちらかというと理屈っぽかったかもしれない。それが無意識のうちに彼の軟らかい性格に染まっていたと今になって痛感している。

その友人と共に名古屋支店への配属になった。

彼とは仕事の時間外でもいろいろと語らう関係になっていた。名古屋は僕の本拠地だから、彼の不安の声を聞きながら同期入社の友人と意識しながら共に仕事に専念する日々が続いた。

その友人がこれから少し暖かくなるという初春に、若くしてクモ膜下で亡くなってしまったのだ。いろいろと相談できる友人の危篤《きとく》の連絡に僕はびっくりした。

上司の計らいでお見舞いに行くチャンスをもらい、彼の温かい手に触ることはできた。語りかけても返事をしてくれない友人との最後の想い出はその温かい手であった。

半分のお月様を見ると友人の笑顔が思い起こされる。友人は僕にとって、いつも微笑んでいる彎月《わんげつ》そのものであった。

〈苦虫を噛み締めている顔よりも、辛い時も口角を上げて微笑むこと。他の人が明るくな

れば、それが自分の人生に戻って来るよ〉
　そんなことを僕に語り掛けてくれているようだった。

　僕は四十歳を少し過ぎ、部下のいない管理職として忙しい日々を過ごしていた。団塊の世代の管理職の人達がまだまだ多く残っていて、自分より若い社員が少ない状況であり、会社の雑務まで何でも自分で行わなければならなかった。打ち合わせの調整はもちろん、手土産の準備や出張のキップ手配などもすべて自分で行っていた。それが当たり前のことだと身に付けた良い習慣である。

　ある日、お客様への手土産を買うために、名古屋の栄の広小路と久屋大通の交差点を南に向けて渡ろうと信号待ちをしていた。その交差点は昔からのブラウン色の中日ビルが見える場所であった。お見合いの時に利用させていただいたそのビルの屋上には、一回転一時間の時を刻んだ想い出の「展望回転レストラン」があった。

　新緑のさわやかな季節であり、久屋大通も新緑の楠が古い葉と新しい葉がかさかさと音を立てて入れ替わっていた。

二人の貴婦人もその交差点で信号待ちをしていた。地元の人ではなさそうな女性とすぐに分かるほど色白の美しい二人であった。日本海側の人なんだろうと勝手に想像していた。信号が青になり、僕は横断歩道を渡り始めた。その時その二人の貴婦人は急に大声で笑い始めたのだ。僕は自分のズボンの後ろが破れているのではないかと気にしながら横断歩道を進んだ。そして知らぬ顔をして自分のズボンをチェックした。ズボンは無事だった。何に笑っているのだろうと気になった。周辺で何があったのか周りを見渡した。何もそんなに面白そうなことは見当たらない。

横断歩道を渡り振り向くと、二人の貴婦人は腹を抱えて人目もはばからずに、まだ大きな声で笑っていた。

〈何に対して笑っているのかな。あの二人は大丈夫なのかなぁ〉

僕はしばらく二人を見ていた。再び南北方向の横断歩道の信号が青になった。まだ腹を抱えて涙を流しながら、お互いの顔を食い入るように見ながら笑っていた。渡ってこない。青信号は点滅をして再び赤信号になった。二人はまだ笑っていた。

再び青信号になり、僕は横断歩道を戻り二人に声をかけた。

「大丈夫ですか？」

僕の問いに何も答えてくれなかった。腹を抱えてひたすら笑っているだけであった。

〈お化粧が崩れかけていますが〉

そんなことを貴婦人には言えない。僕は横断歩道を渡って手土産を買いに行くことにした。振り返るとまだ笑っていた。

デパートで買い物を終え、気になっていたその二人の姿を見ようと交差点に戻ってみた。しかし、すでに二人はいなくなっていた。

何かのドラマの収録でもしていたのか、ドッキリの番組なのか、何を笑っていたのか、今になっては直接聞くこともできず、頭の中でもやもやした一日となってしまった記憶が残っていた。

数年後、僕に福井への単身赴任の業務命令が出された。福井と言うと、かつては和紙や繊維や刃物の大国であったが、時代の流れから今日において経済面では、日本の場末の街というイメージが強く感じられた。

〈越前にもそこで根付いた漫才文化がある。一緒に福井で仕事して福井を盛り上げたかったなあ〉

親友の声が聞こえたように感じた。

〈関西から見ると越前は昔から繁栄していたから、経済の底力がある。明るい県民性があり、ゆっくりじっくり地元のことを探究すると面白い発見がたくさんあると思うよ〉

入社同期の友人の声も聞こえてきたようにも感じた。

三月一日からの赴任となり、とにかく住むところをすぐに決めてくるように会社からの指示があった。親友や入社同期の友人が僕の背中を押しているようでもあった。今回もいろいろと自分一人で行わなければならないと思っていた。会社生活で身に付けていた習慣的な自主性という本能が頭を持ち上げていた。

しかし、福井の住まいを決めるためのスケジュールなど、福井営業所の事務の女性によって二月二十日の電車や宿泊の手配が行われていた。今までは一人で何でもしていたが、会社組織のバックアップのすごさを感じた。

二月二十日、ホテルに前泊することになった。次の日の朝から準備された車に乗って単身赴任で住む滞在先の候補を回り、滞在場所を決めて総務を通じて住まいの住所を登録する必要があった。

事務の女性は、ここと思われる滞在先をすでに十軒ほどリストアップしていた。二つの不動産会社にそれぞれ五軒ずつ公平に、住む場所の候補を出してもらっていた。

ホテルに前泊したのは良いのだが、夕食のお店は自分で探すことになっていた。当たり前である。

ホテルのフロントの係りの人に近くの食事のできるところを聞いたところ、ホテルの周辺で食事できるお店の案内リストを頂くことができた。老舗のお店からリーズナブルな居酒屋までいろいろなお店の情報が記載されていた。地図には片町通りも載っていた。

他の城下街でも片町を歩いたことがある。お城があった時代、武家屋敷と町人屋敷の境に堀があり、武家をターゲットにしたお店が並んでいた。堀に沿った道の片方にしか家が無かったから「片町」と呼ばれている。商売繁盛の場所として「片町」の名前が各地で残っていることが多い。福井にも片町があったことを初めて知った。

ホテルで頂いたリストを基に片町のお店を北から順番に覗いてみることにした。一人で予約が無くても良いかなどと、ひとつひとつ確認してお店の雰囲気を覗きながら、ぶらぶらと片町を歩いてみた。

福井は日本の経済活動によって片隅に追われてしまった、日本の場末のイメージを背負っている都市のようにも感じた。しかし、今日の福井は月に照らされ、空には満天の星が輝いていた。まだ雪が残り薄青白く輝き、街の表面には現れていない不思議な活力が漂っていた。街づくりの得意な僕の直感であった。

北陸地方は曇天が多いと聞いていた。今日は珍しく、夜空のあちらこちらに明るく輝く星を見ることができた。僕の頭の真上にはこれから満月になるお月様が大きな口を開けて笑っていた。

「あれが北斗七星。そうするとあれが北極星。春の大曲線を引くとあの青白く輝いている星が『スピカ』か。輝いているなあ。

そうだ、これから出会う人に春の大三角形の星の名前のニックネームを付けてみよう」

人は死後「星」になってこの地球に残された人を見守ってくれている。そう思う人は多い。僕もそう思っている。しかし、世界にはいろいろな宗教があるが死後にその人が「星」

になると言われる教義は見当たらない。

人間をはじめとして昆虫から魚類や動物など、生きるものの無限の命の数を目で見える天空の星の数では割り当てられないのだと思う。そうであったら、今を頑張って生きている人を星の名前で呼んで、少しでも今の世の中を明るく過ごせるようになると良いと思った。

若くして亡くなって天空の星のひとつになった親友と友人を想い浮かべながら、僕は片町の夜空を見上げていた。母親に思いっきりこづかれた時の目の前にちらついた星の瞬きも思い出して、次の行動に移るために僕はあの動物の鳴き声を心の中で叫んだ。

〈生きている者はいつの日か次の世代にバトンを渡さなくてはいけない。それが生きている者の使命である。それに、その人に与えられた運命に対して、どのように時間を過ごしていくかはその人が決めていかなければいけない。だからあの動物の鳴き声は僕にとって、大切で力強い心を奮い立たせるための雄叫びの声なんだ〉

これから始まる単身赴任の生活や仕事について決して他人の所為《せい》にしてはいけない。決して部下や関係者の責任にしてもいけない。言い訳はしてはいけない。そんなことを福井の夜空に輝く星々が僕に語りかけているようであった。

片町のお店を北から順に覗きながらぶらぶらと歩いた。あっという間に片町を抜けて片町通りの南端に来てしまった。片町の南端に近い小さなお店の扉を開けた。僕に幸福度の高い福井の良さを教えてくれた不思議な雰囲気を持つ「おばんざいのお店」であった。

第二章　片町のハッピーランド

◇生ビール　ラッキーセブン　七杯

ひょっこり入った片町南端のおばんざいのお店について、ホテルで頂いたリストには「……お婆さんが切り盛りしている……」と書かれていた。そのお店の名前は「三婆場」であった。

そのリストには手書きのメモで「三人の美人姉妹のお店」と追記されていた。

「こんばんは、予約していないけど一人でもいいですか？　福井に来たのが初めてだから何も分からなくって」

「大丈夫よ、いらっしゃいませ」

「軽く食事したいから」

「では、カウンターの一番右端の席でもいいかしら。他の席は予約でいっぱいだから」

四十歳少し過ぎたと思われる女性が、カウンター越しの調理場から僕に声をかけてきてくれた。

〈やはり僕の席は場末の席だったなあ。福井の初日から……〉

僕は福井ではよそ者だ。言われる通りにする考えであった。それも今までの経験で身に付けた処世術であった。

「カウンターの上にある、おばんざいなら早く出せるわよ」

後になりこの貴婦人が長女だと知った。

「何飲まれますか？」

「とりあえず、生ビールを」

「元気ないわね。それに先ほど、何ぶつぶつ言っていたの？　何か気に入らないことでもありましたの？」

調理場の女性は僕の心の内面を見ているようだ。不思議だ。

「カウンターの右隅の私の前のこの席は特別席なのよ。みんなこの席に座りたがるのよ。今日は空いていてラッキーだったわね。

ではもう一度、何飲まれますか」

「生ビールを、お願いしまーーす」

福井県民の明るい不思議なパワーを感じ、福井での第一声のやり直しだが、元気に第一声を発することができた。

「ハーイ」

カウンターでもう一人の三十代半ばと思われる美しい女性が、生ビールをグラスに注いでくれていた。

〈ちょっと、どこかの女優さんじゃないの〉

女優さんがお店を開いていることがあると聞いていた。もしかしたら帰りの支払いは高額請求になるのかもしれないと思った。

生ビールはとても綺麗なグラスに注がれて出てきた。ビールグラスに泡が付いていない。

「いただきます」

生ビールがこんなに美味しいとは思わなかった。

「美味しい生ビールですね」

「そうよ、ビールサーバーは毎日洗っているし、グラスも手洗いよ。それに美人を前にして飲む生ビールは最高でしょ」

ホテルで頂いたリストそのままのお店で「会話の面白いお婆さんが切り盛りしているおばんざいのお店」と書いてあった通りだ。その内お婆さんに当たるお母さんがやって来るのだと僕は考えていた。

メモでは「三人の美人姉妹のお店」と追記されていたけど、お母さんは若作りで、親子という関係を隠して三姉妹と言わせているのではないかと勝手に思い込んでいた。僕の家族構成と同じだ。

「遅くなりましたーぁ」

一人の女性がお店に入ってエプロンを付け始めた。後ろ向きであったからお母さんかなと思った。その女性はエプロンを付けて準備が済むと僕の方に振り向いた。予約している他のお客さんが誰もまだ来ていないから、僕とお店の三人の女性だけになった。

その女性も四十歳前後と思われる素敵な女性で、満面の笑みが僕に向けられた。思わずドキドキしてしまった。

僕の目の前のカウンターにいる女性が注文の話をしてきた。

「何にします」

「僕、福井は初めてだからお薦めの物を」

「それじゃあ、まずはお刺身ね。お刺身の盛り合わせを出しましょうか。それとこのお店の名物、イワシの煮付けとか牛筋とかいかが？　好き嫌いはありますか？」

「好き嫌いはありません」

「それじゃあ、私……味わってみる？」

「私……味わって……僕、ホテルに一人で泊まるんだけど」

「なんか勘違いしていない？　このお店は真面目なお店よ。『私の作った料理を味わってみる？』と言ったんだけど」

「福井の言葉が分からず、何か勘違いしていたみたいで……」

「それでは罰として、生ビールおごってもらおうかしら？」

「いいですよ」

「生ビール頂いたわ」

「お姉ちゃんばかりずるい。私達もいいかしら」

　こちらのお嬢さんが妹だと分かった。

「いいですよ」

「やったー。生ビール三つ急いで注ぎまーーす」

　まだ早い時間だから他のお客さんは来ていなかった。そのため三人の美女を相手に和気あいあいとお話ができ、僕は高揚感を覚えた。

「お名前、まだ伺っていませんでしたね」

「僕は、光星《こうせい》。北斗光星と言います。僕の得意なことはニックネームを考えることです」

〈僕の本当の名前を名乗らなくてもいいかな。初めてのお店だし名刺もまだできていないし、またこのお店に来るかも分からないし〉

「私は長女。どのようなニックネームを付けてくれるのかしら」

先ほど夜空に北斗七星を見つけたから、その延長線に春の大三角形の星が見えたことを説明した。

「お姉さんは、春の大三角形の星の一番輝いて、皆をまとめている星の名前なんかいいんじゃないの」

「その星の名前は何なの？」

「おとめ座の『スピカ』その星は白く光る一等星」

「なんか素敵な名前ね」

気に入ってくれたのだろうか。少し心配した。

「気に入ったわ『スピカ』ね。舌を噛まずに言えそうだわ」

「気に入ってくれてよかったです」

「お星さまのことよく知っているのね」

「そうだね。親友が亡くなってしまって、彼は北斗七星が好きだったから、その周辺の星のこと調べたからね」

後で入って来てエプロンを付けたお嬢さんが、キラキラッとした眼差しで僕の方を覗き込んできた。

「私にもお星さまのニックネームを付けてよ」

「この方は次女待遇」

長女のスピカさんが説明をしてくれた。

「次女待遇って」

「三姉妹の本当の次女はサラリーウーマンなので、時々しかお店に来ない。だから次女の代わりにお店を手伝ってもらっているの」

よく分からないが、三姉妹もどきの状態だということらしい。

「それでは大三角形の星のひとつ、しし座の『デネボラ』というのはいかがかなあ」

「いいわね『デネボラ』ね」

「はい、生ビール三つ注げたわ」

「それじゃあ、福井にようこそ、カンパーーイ」

「ひと仕事の後の生ビールは最高だわね」

「お姉ちゃん、ちょっと待ってよ、私まだニックネーム付けてもらっていないわよ」

「そうだったわね、生ビール注いでいたのが三女」

女優さんみたいなお嬢さんであった。

「それじゃあ、うしかい座の一等星『アルトゥールス』はいかがでしょうか。一等星で少しオレンジ気味に光っているけど」

「ちょっと長いわね。それじゃあ『アルトゥ』ってことにしようかな。気に入ったわ」

僕は三人がお星さまのニックネームを気に入ってくれてほっとした。

「はい、お刺身の盛り合わせ、カンパチ、アジ、タコ、カレイ、ツブガイ、わかめも付けておいたから」

僕はお刺身を摘まんで、一口食べてみてびっくりした。

「どえらい美味しいお刺身ですね」

「そうよ、福井のお魚は本当に美味しいんだから、味わって食べてくださいね」

長女のスピカさんからの言葉であった。

三女のアルトゥさんが話に割って入ってきた。

「あんた達、どこの方言で話しているの？」

僕はスピカさんと目を合わせた。

〈本当だ、名古屋にいるような雰囲気で話をしていたのかも〉

「名古屋弁かなぁ」

「私は結婚して二十年間、名古屋の表八事に住んでいたから知らず知らずに名古屋弁で話していたのね」

「僕、実は名古屋から来たんだ」

「どおりでね、生ビールお代わりしてよろしいでしょうか？」

「良いですよ、でも表八事は高級住宅街だよね」

「そうね。名古屋での生活二十年、結婚してツードアのソアラを乗り回していたわ。夫は遙か彼方の宇宙に出張していたから、名古屋では娘と二人の生活。とても楽しかったわ。福井に戻って二十年になるけど、娘も結婚して私は超自由人の『スピカ』ね」

〈ちょっと計算が合わないんだけど。二十歳で結婚したとして二十たす二十は、六十歳？〉

「あのーー、歳の計算ができないんだけど」

「女性に年齢を聞くものではありませんよ、私達も生ビールのお代わりもらうわね」

次女待遇のデネボラさんがチクリと言ってきた。

いずれにしても会話の面白い楽しいお店には間違いない。


「ごちそうさま、お勘定を」

「では、生ビール、ラッキーセブンの七杯。お刺身と……」

「僕、生ビール一杯だけだけど……」

「そうね、私達が乾杯で一杯ずつ、その後もう一杯ずつ『いいよ』と言われたから頂いたわ。安くしておくから大丈夫よ」

福井の美味しいお刺身と美味しいイワシや牛筋を頂いて、僕はその日、ホテルで一人寂しく寝ることになった。

◇四人のおババ

〈三婆場「三人のお婆さんが切り盛りしているお店」とリストに記載されていたけど、今日はお婆さんのお母さんに会えなかったのかなあ。でも美味しい食事だったし楽しい時間だったなあ〉

「福井での単身赴任の寂しい生活が始まるのね。栄養取りに、またお店に来てくださいね」

長女のスピカさんの言葉の魔法にかかり、僕は自分へのご褒美として、火曜日にこのお店へ足を運ぶことが多くなった。そしてカウンターの右端が僕の指定席になった。

長女のスピカさんとは名古屋弁でも話せるから、名古屋のことも含めて福井に関する情報を教えてもらえる状況になってきた。福井の食事のことや観光のことなども、いろいろと教えてもらった。

しばらくするとお刺身も春から夏の魚に変わり、地場のお魚として僕を楽しませてくれた。
「いらっしゃーい。なんだ『あなた』なの」
「お姉ちゃん、何、その言い方『なんだ、あなた、なの』って。今日は私の誕生日だから
お客さんと一緒に来たのに」
「ありがとう、ありがとう。どうせ支払いは、また後でねとか言ってアルバイト費から精
算するんでしょ。いつもアルバイト費では足りないし、本当に要領がいいんだから」
　この女性が長女スピカさんの本当の妹だと理解した。
〈そうするとお母さんと思われるお婆さんはいないのかな。このお店に初めて来たときに
「デネボラ」とニックネームを付けたお嬢さんはどんな仲間なの？　次女待遇とか言って
いたよな〉
「スピカさん、こちらの美人のお嬢様は？」
「私の妹よ。三人姉妹と言っていなかったかしら。いつもいるのが三女と三女のお友達。
今ここに来たのが次女。お分かり？」
「皆さん四人ともお美しくて、歯もきれいでしっかりしていますね」

「福井の人はしっかり魚食べているからからかもね」

僕は褒める所はもっとあると思ったが、セクハラになってはいけないと生ビールを飲みながら考えていた。

「こちらの貴婦人が次女と分かりました。次女待遇のデネボラさんは三女のお友達というけど、どんな関係？」

「光星さん、デネボラちゃんは三女のアルトゥの高校の同級生でお店を手伝ってもらっているの。だから次女待遇と言ったのよ」

「それじゃ、三人のお婆さんと言われているのは……」

「そうよ、ここにいる四人、皆それぞれ孫がいるから実質のおババよ。真ん中の次女はまだ会社に勤めているから、その内お店を手伝ってくれると思うけど。デネボラちゃんもお孫さんいたわよね」

「はーーい、孫いまーーす」

「皆さん若くて、孫がいるなんて。本当のこと言ってくれているのか冗談を言っているのか、僕は分からなくなってきたぁ」

いずれにしても会話が楽しいし、何と言っても食事が美味しいお店であることには間違いが無い。

「私達の母親が将来のためにと、三姉妹全員に調理師免許を取らせたのね。母親は海の女だったわ。今思うとこんなお店を持てたのは母親のおかげと思っているわ。

お店の名前は私と次女の二人が考えたのよ。〈三婆場〉は全国でもここにしかない名前ね。三人のババア「三婆」はいろいろな地域にあるけど三人のババアとお客様が集まる場所としての〈三婆場〉は全国でも福井のここだけよ」

「美人三熟女のお店、でも良かったんじゃないの」

「そうね『熟女』には賞味期限があるわよね。でも『ババア』には賞味期限だけでなく消費期限も無いかもね」

確かにその通りである。人生の区切りがある生活と区切りの無い生活は、呼び名で変わることを改めて教えてもらった。

〈ネーミングの説明について、ほんの少しの言い回しの違いが物の考え方のイメージもガラッと変えているんだなぁ〉

相変わらず会話の楽しいお店である。きっと、三姉妹の育った家庭環境は楽しく明るい家庭であって、もともと頭の良い家系なんだろうと僕は思っていた。

「ねえお姉ちゃん。さっきから『スピカ』とか『デネボラ』とか『アルトゥ』とか、変な隠語でしゃべっているけどなんなの？　気持ち悪いわ」

「ごめん、ごめん。こちらの名古屋から単身赴任してきた光星さんが私達にニックネームを付けてくれたんだよ。みんな気に入ったから、この頃その名前で呼び合っているのよ。私なんか、すっかり『スピカ』が気に入ってその名前を使っているんだ」

「光星さんでしたね、何を基本にニックネームを付けてくださったの？」

僕は立ち上がって改めて挨拶をした。

「こういう者です」

この店で初めて名刺を出した。初めてこのお店に来た時はまだ名刺ができていなかった。だから、今までこのお店で名刺を出したことがなかった。「火曜日の男・光星」で通っていたようだ。

長女のスピカさんがすかさず反応した。

「私、名刺もらっていないわ」

「すみません、改めて……」

「なに、北斗光星さんじゃないの？」

「すみません、嘘はついていません。僕は北斗七星のつもりで、いつも皆さんを見守る星になっていたいと思って〈光星〉というニックネームを名乗っているのです」

「いい名前じゃん」

次女のお嬢さんからお褒めの言葉を頂いた。

「先ほども申し上げたけど、何を基本としたニックネームなの？」

「それは、僕が初めてこのお店に来た時に、福井のお空に満天の星がきらめいていたのです。北極星や北斗七星、上弦の彎月《わんげつ》がしっかり見えていました。その時、福井を温かく見守ってくれる人にお星さまの名前を付けてみようと思ったのです。

お星さまは僕を含めて多くの人を見守ってくれている。その星のように、一生懸命に誠実に自分の与えられた命のある限り頑張って、社会のために、そして、この福井のために仕事を通じて貢献できたらいいなぁと思って。だからこのお店のお嬢様方に星の名前を」

「そうだったのね」

「その時は春だったから、春の大三角形の星の名前をニックネームとして考えたのです」

「へーーぇ」

次女は納得していたようだった。

「じゃぁ、私にもニックネーム付けてくれるかしら」

「いいですよ。ただ今は夏だから本来は夏の大三角形の星の名前にすべきなんでしょうが、三婆場の皆さんだから共通の春の大三角形にちなむ名前が良いですよね」

「春の大三角形だと三つのお星さまの名前しか無いんじゃないのかしら」

僕は右手の人差し指を立てて左右に振った。

「のん、のん。大丈夫ですよ。実は、春の大三角形には第四番目の重要な星があるのです。その星の名前は『レグルス』と言って、しし座アルファ星。しし座の胸のあたりにある力強さを意味する一等星なんだけど。その名前はどうでしょうか」

「レグルス、悪くないわね」

「良かった、良かったわ。レグルスね。これで全員にニックネームが付いたのね。でも半年も本名を隠してこのお店に来ていたなんて許せないわ。生ビールをおごってもらうからね」

長女のスピカさんが叫んでいた。

「アルトゥ、大ジョッキで生ビール注いでちょうだい」

「お姉ちゃんばっかりずるい。私達にも」

「いいよ」

「それじゃあ、もう一杯、えーっと、レグ……にも」

「レグルスですよ」

「そうそう『レグルス』だったわね。私の友達にも生ビール追加していいでしょ、光星さん。光星さんと呼んだ方が、これからもみんなでお星さまになって楽しめそうね」

三婆場の四ババが、初めて僕の目の前にその姿を現した。

四ババとも愉快な人達だ。

「改めて、カンパーーイ」

福井の美味しい食べ物は元より、福井の美女を囲んで福井にまつわる楽しいお話ができる幸せに心が躍っていた。

飲みながらの会話では、図書館で調べた地元の人もあまり知らない福井の歴史や昔話などの話題がとても役立つことを知った。

〈三婆場〉は、名前の通りいろいろな人が集う場所であった。

自分の会社の関係者だけでなく、異業種の福井の方々の仲間も集まっていた。その異業種の方々の仲間に、僕も入れてもらうことができるようになった。

学生の時から自然と身に付けた、社会人としての処世術に助けられていたのかもしれない。

◇フライングの常習犯

僕は仕事では比較的自由人であった。早めに仕事を終わって図書館に行くことが多かった。福井の歴史の書かれた本や、福井の人の活躍している記事の載っている雑誌などに目を通すことができた。今思えば、終業時間のフライングの常習犯だったのかもしれない。

　また、東京や名古屋から福井に来られたお客様を誘って、お客様の帰る電車の時間に合わせて少し早めから夕食に出掛けることもできた。福井の美味しい日本酒を飲みながらの打ち合わせが、僕にとっても、福井での一番楽しい単身赴任の時間であった。

　お客様が福井に泊まるのであれば、時間的にもゆっくりもできるが、東京からの出張は日帰りのことが多く、その対応に僕は苦慮していたのも事実であった。

　東京から来られたお客様で困ったことは、新幹線開業前までは、夜七時三十分少し過ぎの「しらさぎ」に乗らないと東京まで戻れないことだった。新たに新幹線が開通すれば、東京まで帰るその最終時間が、一時間遅くなり夜八時半過ぎの東京行きの新幹線ができるとは聞いていた。

　しかし、東京といえども大宮方面と横浜方面では帰りの時間や帰り方が大きく違っている。東京は広いから東京駅に着いてからの帰宅の方法が大変だ。横浜方面であればやはり米原経由になるであろう。そうすると、今までと大きく変わらず福井を夜七時半過ぎの新幹線で帰らなくてはいけなくなるだろう。新幹線を降りて敦賀駅で特急に乗り換え、更に米原で東海道新幹線に再び乗り換えるなども心配になる。東京方面へ帰るには飲み過ぎないようにするなど、福井の打ち合わせの難しい課題がでてくるだろう。

新幹線開業までは東京方面に帰るお客様対応について、三婆場さんの対応には感謝していた。

打ち合わせの会議を夕方四時頃終了のスケジュールを組み、タクシーで片町まで移動する。そして早めに夕食をとりながらの引き続きの打ち合わせが飲みながらできれば、七時まで二時間程度の懇親会や意見交換会ができる。片町はタクシーが多いからタクシーはすぐつかまるし、福井駅まで比較的速く走ることができる。

夜八時前であれば片町通りの一方通行の規制も無く、南行きのタクシーも多く走っており、片町を南に走り抜ければ福井駅までは十分もあれば到着することができる。そんなスケジュールで東京の人にも福井を楽しんでもらいたいと考えていた。

「お店は、早くても五時からよ」

僕は長女のスピカさんからそんなことをよく言われていた。

「四時半ではまだお店の準備ができていないし、一番いけないのは私達おババが、まだ山《やま》姥状態《んば》だよ」

確かにその通りであった。

初めの頃は五時目標にお店に行っていたのであるが、その内、四時四十五分頃にお店に入れてもらったり、だんだん早くなり四時少し過ぎにお店に入れてもらうこともあった。

三女のアルトゥさんはお店の床の掃除をしている時もある。

「毎日油を使うから、床をお店が始まる前にしっかり拭いておかないとお客様の靴底に迷惑になるからね」

長女の色白のスピカさんは、すっぴんをお客様に見せてはいけないと蝶になるための化粧に余念がなかった。

「化粧しなくても、十分若いですよ」

「何、その、十分若いというのは。今日は、生ビール余分におごってもらうからね。とりあえず生ビール飲んでいてね」

東京や名古屋からくるお客様も〈三婆場〉での打ち合わせ会は、ひとつの楽しみになってきていた。

「今日は予約でいっぱい」

電話で予約するとよく言われた。

「東京のメンバーだから、次のお客様が七時の予約だったら、それまでには席をあけるから」

そんなわがままを言う時もあった。

「仕方ないわね」

予約でいっぱいと言われてもそれなりにお店に入れてくれたし、何と言っても、飲みながら打ち合わせをしながら時間を過ごすことができる場所であった。僕は迷惑顧みず、入店の計画的なフライングの常習犯になっていた。一番うれしいことは、東京などの遠方から来てくれたお客様が喜んで帰ってくれていたことであった。

「次回もこのお店で意見交換がいいかもしれない」

お客様にそんなことも言われ福井を味わってもらった。それなりに会社に回す「三婆場」の領収書も多くなってきた。

　ある日、名古屋支店の経理担当者が、経理の査察と言って福井営業所に来たことがあった。

「営業所の経理関係の書類は完璧ですね」

「それは、営業所の事務担当の女性がしっかりしているから」

「所長、名古屋に帰る電車に乗る前に一か所寄ってほしいところがあるのだけど、お時間は大丈夫ですか？」

「今日は六時から会食があるけど、それまでなら」

「では、三婆場さんのお店に連れて行ってくれませんか。領収書の量が多く会議費で落とす時もあるので、本当に打ち合わができる場所なのかこの目で確認したいから」

　急に言われても困ったことだと思った。しかし、僕は隠し事の無い人間だから「いいですよ」と言って、営業所にタクシーを一台呼んで片町に足を運んだ。

「まだ早い時間だけど、お店の中を覗いても大丈夫ですか？」

〈そうだったら事前に言っておいてくれれば、顔を出すとお店に伝えておいたのになぁ〉

「大丈夫ですよ。でも四時半の電車でお帰りですよね。一時間遅い電車に変更可能であれば、少し軽くとは思いますが……」

「社内接待禁止ですからプライベートで来た時、また今度」

タクシーで経理担当者と片町のお店の前にやって来た。

「では、お店の中に入ったら左側に六人座れる『小上り』があって、そこがいつも打ち合わせをする場所。いつもその場所を予約するのですが……。私も一緒にお店に行きましょうか」

「覗いてくるだけです。だから、タクシーで待っていてください」

しばらくして、経理担当者がタクシーに戻って来た。

「いいお店ですね、あそこでの打ち合わせであれば、大手を振って会議費で処理してくださいね」

経理担当者を福井駅に送って六時からの宴会の前の時間調整として、僕は三婆場に戻って来た。

「先ほど会社の人がお見えになって、お店の中を確認していったわ。目的は何でしたのかしら」

「名古屋支店の経理担当で、領収書が多いからとお店の抜き打ち査察だったんだ。僕は外のタクシーで待っていたんだけどね」

「そうだったの、査察なんて事前に言っておいてよ、もっと綺麗にお化粧しておいたのに」

　お店の中は笑いで包まれた。

「次のお座敷まで少し時間があるから、生ビールを一杯ちょうだい」

「いいの、飲んで会合に行っても？」

「今日の会合は五時半からなんだけど、少し遅れて行くと伝えてあって、僕が到着前には他の人はもう飲んでいるから大丈夫。

　早く顔を出すと、僕への悪口を言えなくなるし。お互い久しぶりに顔を合わせるから、愚痴を言いあう時間も欲しいだろう。だからここで少し時間調整してからその会合に顔を出そうと思うんだ」

「それが正解ね。陰口は本人を前にしては本音が言えなくなってしまうから。そういう時間を関係者に持ってもらうという配慮が光星さんのえらいところだと思うわ。会合が終わったら飲み直しにお店にいらっしゃい。愚痴を聞いてあげるわよ」

僕の取柄は少しぐらいお酒を飲んでも顔色に変化が無いことである。息を吸いながら話せるという特技もある。


「今日は遅くなってすみません。今から、十分くらいで伺います」

宴会は片町で行われていた。ここから歩いて五分もかからない。僕は今から伺うと電話をしておいた。

宴席の部屋に入ると、すでに生ビールが準備されていた。

「あらためて、乾杯」

「いつもご協力ありがとうございます。感謝です」

いろいろな要望があり、半分は仕事の話で半分はプライベートな話で宴会が進んだ。

宴会の終わりがけに宴会に遅れた理由を説明した。

「今日、営業所の経理査察があって時間が読めず、六時として連絡させていただいていた。

査察終了後、経理担当者が三婆場さんを見に行きたいと言ってきたんだ。急な話だった。お店に迷惑かけたと思うから、この宴会後に顔を出しておこうと思うんだ」

「それでは皆で行きましょう」


「そんな訳で、再び来ました」

「いらっしゃーい。それでは生ビールで乾杯しましょう」

「本当に、よく飲む、おババだ」

「こら、おババは余分！　生ビールのお代わりもらうわよ」

「えーー、もう飲んだの、まだみんなで乾杯していないけど。超フライングだぁ」

「そうよ、今日は忙しくて飲む暇が無かったわ。やっぱり、いつものようにサッと黙って飲む一杯目は最高に美味しいわね。

臨機応変に対処することが人生では大切なことよ。目くじらを立てても仕方ないから、上手にやりくりすべきね。私の生ビールはまだかしら。あっ、ありがとう。

皆さん、生ビール行き渡りましたか？　では、改めて、乾杯！」

今日も楽しい一日であった。

「お店の片付けが終わったら、焼き肉でも食べに行かない？」

「僕は単身赴任だから、明日はお休みだし、構わないけど」

仕事の仲間は家に帰らなくてはいけないと、おババを囲んでこのお店で一時間以上歓談し、三々五々の解散となった。

◇夜の光に照らされた　饒舌な片町の乙女達

「光星さん、大きなお尻向けるけど我慢してね」

そう言って三女のアルトゥさんが、天井の大きなステンレスのフードの中を拭き始めた。

確かにしっかりしたお尻である。

「まだいいですかーぁ」

お客様がお店に顔を出してきた。

「ごめーん、今日はおしまーい」

フードを拭いている状況が見えて、お客様も納得して帰って行った。お店が終わったら毎回、フードをきれいに拭きあげているという。本当にきれいなお店には感心していた。

このお店に来るお客様の中には、ここで働いている「蝶」を狙っている「蜘蛛」のような人もいるらしい。そのようなお客様に対して、長女のスピカさんがしっかりと妹達を守っているようだ。

「ごめーん、今日は予約でいっぱいなの」

お店の予約が無くてガラガラでも、怪しいと思われたお客様の入店を上手にお断りしているという説明を受けたことがあった。

僕も昔は何回かそう言われて入店を断られたこともあった。きっとその時は「怪しい男」としてマークされていたのであろう。この頃はそのようなことが無くなったから大丈夫みたいだ。

三女のアルトゥさんは軽快にフードを拭きあげていた。大きなお尻をフリフリさせた片づけの風景は、単身赴任の僕にとってとても刺激的な時間であった。

拭きあげが終わったらこのお店の乙女達は、昼の福井の「蝶」から夜の片町の「蛾」に変身するらしい。蛾に変身して、毒を吐きながらお話することが三姉妹のストレス発散の方法だという。

「長生きするために、光星さんもストレス発散させる方法を探してね」

お店を閉めて片町の焼き肉屋さんに出掛けた。次女のレグルスさんもそこで落ち合った。どこかの飲み屋のマスターも駆けつけて来た。そのマスターは自らのことを「三姉妹の弟」と言っていた。次女待遇のデネボラさんは家に帰って行った。そのため、僕を含めて総勢五人の夕食兼飲み会ということになった。

「皆さん、お若いですね。本当の歳を聞きたいと思うんだけど」

僕は何気なしに質問をした。

「女性に歳を聞いてはいけませんよ」

長女のスピカさんがピシャリと話題をさえぎってきた。

確かに一番年上の長女だから歳のことを聞かなくても、自分が一番歳をとっていることは周知の事実である。

「お姉ちゃんは抜けているのよね。自分の車のナンバーが生年月日、そのまんまなんだから」

次女のレグルスさんが生年月日の分かるナンバープレートはダメだと話をしていた。

そう言えば、赴任したばかりの夏に海水浴のできる良いところが無いかと聞いた時のことを僕は思い出していた。

「小浜の方は二十七号線が混んで、泳ぎに行っても帰りの渋滞がひどく車が動かないから困ったもんだ。高速が開通すれば、ある程度は海水浴の渋滞も解消されるとは思うけど」

「だったら鷹巣海岸が良いわよ。あそこだったら高速に乗るためにいろいろなルートがあるから。

鷹巣海岸に私達の知っている民宿があるから、今度その民宿を紹介するわね。その民宿は海岸も近いしお昼も食べられるし温泉もあるから、昼間でもちょっと利用するのも良いわよ。一緒に行ってみましょうか」

僕は単身赴任一年目で会社の車しかなく、プライベートではその車は利用できないことを伝えた。そうしたら長女のスピカさんが車を出してくれるという話になった。

「住んでいるところって」

「県立病院の近く」

「それでは海の日に一緒に行って、その民宿でお昼の食事をしましょう。お昼はおごってね」

「了解です」

「お姉ちゃんばっかりずるーい。私も行きたーい」

三女のアルトゥさんも一緒に鷹巣海岸に行くことになった。

「車、２３３４のナンバーでお迎えに行くわ」

そんな会話をした記憶が僕の頭の隅にあった。

「ああ、あのナンバーは生年月日だったのですね」

「よく言われるわ。今日が一番若いと。それに一日一日歳はとるけど生まれた日は変わらないわね」

「えーと、2と3と3と4。二月三日生まれとして、１９３４年ではないから、昭和34年生まれというナンバーかなあ」

「ピンポーン、大正解」

スピカさんはそれ以上の歳の話はストップと言ってきた。後の三人は大笑いしていた。次女のレグルスさんの笑い声が名古屋で耳にしたことのある笑い声に似ていると僕は記憶をたどっていた。


スピカさんが他の話を始めた。

「鷹巣海岸と言えば、光星さんが釣りにはまっているわね」

「釣りは、仕事のストレスの発散の方法かもしれないなあ」

「それは良いことね。女性で発散するよりは罪が無いわ。

それに、初めてお店に持ち込んだ魚は豆アジだったけど、変な魚を釣ってお店に持ち込んできたことを思い出すわ」

「あの銀宝《ぎんぽう》の魚のことかなぁ」

「そうそう、ウナギみたいな、あの気持ち悪い魚『なにーこれ』という感じの魚。触ったらまだ生きているんだから。でも〈この味を知らなくては天ぷらは語れない〉という、東京の有名な天ぷら屋さんのポスターの写真を見せてもらってへーーぇと思ったわ。

　福井の中だけで生きていると、外の世界が見えなくなっていたと反省したわ。お星さまのように世界にも目を向けることが大切ね」

「『この魚の料理方法について教えてほしい』とスピカさんに言われたから、ある料亭にお願いして銀宝パーティーを開いたんだよね。数釣りあげてくるのが結構大変だったけどね」

「そこのマスターが生きている銀宝は別名『カミソリ魚』と言って、背びれや尾びれに毒があるからと説明受けて、もっと〈だめーーぇ〉となったわ。魚屋さんに聞いたら福井では食べない外道だったじゃないの。でも、白身の癖のない美味しい魚だったわね」

「釣った銀宝をキッチンペーパーに真っすぐに包んで、冷凍してお店に持って行ったら『これだったら私にも料理できる』と言ってとても美味しい天ぷらにしてもらったこともあったよね」

「そうそう、あのようなやり方があったのね。光星さん賢いわ」

僕はそれほど自慢することではないと思った。

「それに、光星さんは福井で船舶操縦免許を取ったんでしょ」

「福井県には木の芽峠付近に東西の断層があるから、もし大きな地震が来たら名古屋方面と行き来するのが海上しか無くなった時のためだったんだ。でも、魚釣りで利用することが多くなった。魚釣りも岸からだと魚も大きくても二十センチだけど、沖に出ると五十センチくらいになるから、また違った魚釣りの楽しさがあるよね」

「そうね、大きなイシダイ三匹と大きな真鯛三匹を釣ってきた時に、鯛しゃぶパーティーを開いたのを思い出すわ。魚屋さんもたくさんの魚だからと、刺身の厚さに魚を切ってくれたから、しゃぶなのか刺身の湯通しなのか。でも、あのしゃぶパーティーは最高だったわ。急遽の声掛けに集まったメンバー、あの時も福井の日本酒をたくさん飲んだね。本当に美味しいお酒とお魚の味を思い出すわ」

スピカさんはいろいろなことをよく覚えているなあと僕は感心した。福井の魚は美味しいし、何といっても自然の釣り堀みたいでよく釣れるから楽しい想い出に溢れていた。

「それに、私の孫も魚釣りに連れて行ってくれたから、良い想い出として喜んでくれたわ。

その孫も、もう高校生よ」

「へー、あの坊ちゃんがもう高校生になったんだ」

僕の周りでは時が進まないように見えていたが、世の中の時間は確実に動いていた。

スピカさんのお孫さんが高校生という話から、三姉妹の高校生時代の話に話題が移っていった。三者三様の若き乙女達の高校生の時の想い出の話は特に面白かった。本人からでなく、お互い姉妹がそれぞれのことを言いたい放題、想い出を語っていた。

これから大人になる乙女の心に仕舞われてきた想い出の扉が、姉妹によって開かれる時のリアクションが面白かった。

まず長女スピカさんが次女のレグルスさんのことに触れた。

「レグルスは、高校のスポーツテストのボールを投げる時に圧倒的な遠投力を示したのね。そうしたらハンドボールクラブの顧問にスカウトされて、そのままハンドボールの選手になった時があったわよね。特にキーパーは受けたボールを遠くに正確に投げなくてはいけないからとキーパーやらされて。

でも、それで国体まで行ったんだからたいしたもんね」

〈へーー、そうなんだ〉

「それが縁で、県庁に就職したんだったわね。その後、民間の会社で経理の仕事をして今の会社に転職したんだったわね。性格が男勝りだから、今は出世して忙しい立場ね」

〈ニックネーム通りだ。レグルスという力強さを感じる星の流れを持っているんだなあ〉

「お姉ちゃん、余計なこと言わないの、男っぽいとか。その通りだけど言われると悔しいわ。私だって純粋なレディーよ」

〈次女のレグルスさんは男っぽさを隠して生きているようだ〉

　レグルスさんが三女のアルトゥさんのことを言い始めた。

「そう言えば、妹のアルトゥはおてんばだったんだから」

「お姉ちゃんのスピカやレグルスから受け継いだことよ」

「アルトゥ、何と言っても、高校生の時のビアガーデン事件ね」

「そう、あれは一番びっくりしたのが本人の私よ。だって高校の担任にビアガーデンで鉢合わせよ。福井は狭いわ」

「アルトゥはお姉ちゃんのスピカや私が夜出歩いているのがうらやましかったのかもね。

だから二十歳過ぎていたお友達と数人でビアガーデンに行ったんじゃないの」

「そうよ、今なら子供も一緒にビアガーデンに家族みんなで行けるでしょ。担任が私達の隣の席に来た時は、まだビールがテーブルになかったから言い訳できたかもしれないけど、ボーイさんがビールも運んで来て頭数とジョッキの数で分かるでしょ。次の日、職員室に呼び出されてしっかりとお説教くらったわ。ビールは年上の人が飲んだのにね。

ところで、お姉ちゃんなんか、お母さんから高校をやめさせられるぎりぎりだったと聞いていたけど」

三女のアルトゥさんが、長女のスピカさんの話を始めた。

「お姉ちゃんの高校生の時のカバン、ペッちゃんこで、ひもで縛ってあったわよね。あれでよく教科書入るなあと、私は中学生の時に思っていたのよ。カバンをファッションで持っていたんでしょ」

「そうよ、クソ重たい教科書は学校の机の中とか、自分のロッカーに入れておいたわ。そしたら、試験が近づいた時に教科書がすべて無くなっていたことがあったわ。

担任が『スピカは教室にすべての教科書を置いている。試験一週間前でも教科書を家に持って帰らないからすでに勉強が終わってテスト受ける準備ができていると思い、試験が終わるまで職員室で教科書を預かっておくことにした』と言われたのよ。

『あと二人、娘を育てなければいけないから今の成績では、勉強できないお前をこのまま高校に行かせるだけの金銭的余裕がない。だから高校をやめてもらうから』と家ではお母さんからそう言われたわ。確かに当時、学年五百人中後ろから数えて三十番くらいの成績だったと思うの。お母さんに『高校続けて行かせて』と言ったら『試験の成績三十番以内が条件』と言ってきたから『後ろから？』と言い返したら『あほ』と言われたわ。

だから一生懸命勉強して、トップから三十番以内に入ってお母さんをぎゃふんと言わせたわ。そして無事、高校卒業まで通学させてもらったわ。そんなことがあったわね」

乙女達の青春時代のお話も尽きることも無く、僕にとってはお笑いの特別な「ハッピーランド」に来たようであった。

福井の越前漫才をしているようでもあり、滑稽な笑いが主体の掛け合いである話漫才を見聞きしているようであった。三河万歳を得意にしていた親友の顔が浮かび、僕も声を出して笑っていた。

「光星さん、私達の有り余っているパワーをあのお店でぶちまけているのよ。だからあのお店に来てくれる人は私達のパワーをもらって、明日も福井のために、そして日本のためにみんなが頑張ってくれていると願っているわ。私達も、ストレスを発散し自分達が楽しく自分達がハッピーになれる場所を作るのが夢だわ」

「スピカさん、その夢は叶っていますね。僕は福井では孤独なんだろうけど、お店で皆さんの不思議なパワーをもらっているといつも感じて〈片町のハッピーランド〉に来たと思っていますよ」

三姉妹のお母さんは亡くなっているらしい。でも、この素晴らしい三姉妹を育て上げ、今は星になって三姉妹を見守っているのだとよく分かる。仲良しな三姉妹の乙女ババ達である。

第三章　フクイロマンス

◇日本海に消えた人達

焼き肉と生ビールは乙女ババ達を饒舌にしているようだ。三人の話は止まらない。しかし、いろいろな噂話が一通り終わった所で、スピカさんから再びお母様の思い出話を聞くことになった。

「母は、海の人の性格をしっかり受け継いだ人だったわ」

福井に赴任するまでは、日本海はただ単に「海の水がきれいだ」というくらいにしか思っていなかった。日本海に沈む夕日がこんなにきれいなことも福井に赴任して初めて知った。

しかし、日本海側はそれ以上にいろいろな歴史があることを知ることができた。昔から日本海の海の人は、かたくなで気質が荒いと言われている。冬になれば海は大荒れの時もある。風が吹けばあっという間に海はその風景を変え、時として人間に牙をむく。

海の幸で生計を立てている家族の母親としては、そんな海で仕事をしている家の主の安否を常に心配していたに違いない。現在ではある程度の海の波の予報ができるが、静かな海も急変することを知っていたに違いない。心の休まる時が少なかったと想像できる。

「観天望気」と呼ばれ、かつては空の色や雲の流れ、生物の行動観察などから天候を予想して生活に役立てていたと言われる。少し前まではどこの家でも家畜を飼い、人間と生活を共にしていた風景をまだ記憶に残している人も多いだろう。それらの家畜の行動から、天候や直近に起こる自然現象などを教えてもらっていた。

それに港の近くの高台には海の様子を見る場所が今でも残っている所が多い。海の水平線はその高台からおおよそ八十から百キロメートル付近であり、気象の変化として西の空からは、二時間から三時間程度先の状況を知ることができる場所である。

　水平線に沈む太陽の様子は、水平線の更に西側の天気に左右されている。遙か西側が快晴の時は完全な太陽の形で海に沈むが、西側の天気が下り坂の時では西側の遙か遠くの雲が邪魔して、太陽が水平線に沈むのを阻止することになる。

　自然の動きは大きく変わっていない。今でも変わらない波の音のように、地球は心地良い揺らぎの時を刻んでいるのだ。


　そんな海と関わりの深い生活をしていたお母様は気丈な性格の女性であったに違いない。

　スピカさんの話が続いていた。

「高校を辞めさせられそうになった時はどうしようと思ったわ。でも、お母さんとの約束で五百人中上位三十番に入れば、そのまま高校に行かせてくれると言われたから、やけくそで勉強したのよ。有言実行でもっと上位だったから、そのまま普通に高校を卒業することができたの。〈やればできるじゃん〉と自分でも実感できたことは、私の人生で一番良い経験だったわ」

　スピカさんのあまり余るパワーの源は、お母様から受け継いだものだったようだ。お母様は無理難題を突き付けても「こいつならやり遂げる」と思った時には温かく見守っていたに違いない。

「光星さんは、福井に来ていろいろと勉強しているという噂があるわ。私の情報網では福井県立図書館で調べものをしているらしいわね」

「どうして、そんな情報が……」

「私だって伊達に片町でお店を開いているんじゃないのよ。ちょっとした噂話を流せば、いろいろな人が情報を持ってお店に来てくれるわ。その噂話で生ビール飲むのが最高に楽しい時間よ」

「へーそうなんだぁ」

　スピカさんがどんな噂話を流して、僕が図書館に出入りしていることを誰がどのように伝えたのか興味があった。

「それに、福井市立図書館にも行っているでしょ？」

「なんか、どこかに盗聴器でも付けられているのかなあ」

「いいじゃない、悪い噂話じゃないから。ちょっと友達に〈あの光星とかいう人、単身赴任と言われているけど、いつも身なりがしっかりしているから福井に現地妻でもいるんじゃないの〉って話をしたら、すぐにいろいろな情報が集まってきたわ」

「どうでした、その結果は」

「つまんないわよ、図書館通いなんて。ワイドショーみたいなワクワク感やドキドキ感が全く感じられなかったわ」

　僕は胸をなで下ろしていた。

「海の女は明るくて楽しいことが大好きなのよ。福井市立図書館では松本清張の本を読んでいたと言われてつまらなかったわ」

「そこまで覗き見されていたんだね。別に構わないけど、かなり近くまで接近してきていた人がいたんだね。

　もしかしたらあの時の貴婦人かなあ。ちょっと気になった時があったよ。図書館じゃなければ声をかけていたかもしれないくらい、男心が揺さぶられる美しい人だったなあ」

「何バカなこと言っているの。でも、今度その人に伝えておくわね。他の場所だったらお声をかけていたかもしれないって」

僕はその時に感じた、日本海側の女性が持つ独特で素敵な雰囲気を思い出して、生唾と一緒に生ビールを飲み込んでいた。

「話は変わるけど『日本海美人』ということを調べていたら、流れが速い日本海に繰り広げられた壮大な歴史を僕は改めて考えさせられたんだ」

「日本海美人が関係する歴史って、それは何なの？」

「博多美人、京美人、秋田美人が日本の三大美人と言われているでしょ。でも松本清張さんの本に『日本海美人』という言葉が出てきていたんだ。出雲美人から始まって対馬暖流に沿って、丹波・山城の京美人、この近くだと加賀美人、更に越後美人に繋がって秋田美人にたどり着くそうだ」

「光星さんは松本清張さんの本を読んで、そんなことを考えていたの？」

「僕はこの越前地区で、朝鮮半島と日本が対馬暖流や季節風を利用していろいろな文化の交流があったとは、福井に赴任するまであまり知らなかった。江戸時代から明治時代の

『北前船』の言葉は知っていても、深い知識が無く日本海の歴史的な内容については語るレベルではなかったと思うよ。文化の交流には絶対に女性も一緒に移動していると思うんだ。北前船で北海道の多くの女性もこの福井の地にやって来ているという事実もあるんだよね」

「確かにその話はよく耳にするわ。誰々の祖先は北海道になるんだとか。血縁の遠い人同士の結婚だから福井にも美人が多いとか」

他の三人は、お肉を焼いて楽しそうに話をしていた。

「スピカさん、僕が本当に興味を持ったのは、福井の沖に高句麗から多くの使者が来ていたということなんだ。朝鮮半島の三国時代の時に、日本は百済に援軍を送っているらしいよね。その時代は高句麗と百済は戦っていたんだね」

スピカさんはその話にはあまり興味が無いようで、お肉を焼きながらマスターと話をしていた。

「光星さん、そしてどうなったの？」

「スピカさん、話聞いていたの？」

「そうよ〈観音スピカ様〉と言われるくらい地獄耳だし何人かの話は聞き分けているわ」

「へーーーぇ、それはすごい」

確かにスピカさんは三婆場のお店でも、カウンターの奥から遠くのお客様との意味の通った会話をしていることが多かったことを僕は思い出していた。

「それで、三国時代に朝鮮半島から高句麗が日本に使者を送っているんだよね。目的は百済と日本が仲良かったから、高句麗から見るとちょっと気に食わなかったとも考えられるんだ。

中世以前の歴史の文献はほとんど残っていないから、残されたわずかな文献から、その当時の日本の政治の中心が京畿方面だと高句麗は考えていたようだった。だから朝廷に出向くのには、嶺南から京都に向かう方法が一番平坦で楽だと考えていたかもしれない。

昔は今の『木の芽峠』を越えるのが大変だったようだね。古い朝鮮語の山を意味する『クシ』がその場所なんだね。

『クシ』が『古志』となり、その後『高志《こし》』となり『高志の国』と呼ばれるようになったと考えてもいいかもしれない。その『高志』が『越《えつ》』の字に代わり、京都から見て『越前、越中、越後』と言われるようになったと考えられている。だから嶺南地区から京都までは、比較的平坦と考えられていたんじゃないのかな」

「へーーぇ」

「ヤマト朝廷は北陸の重要拠点である嶺南の警備を重要視するようになり、天皇家に近い有力者がこの地に送り込まれたらしい。五七〇年から五七三年の四年間に三回もヤマト朝廷に国交を求めて、この福井地区に高句麗からの使者が来ているらしいんだ。小舟しか無い時代だ。

時には難破した状況でたどり着いたこともあったらしく、嶺南だけでなく鷹巣や石川県の方にたどり着いているみたいなんだ。しかし、当時の百済寄りの日本の朝廷はあまり重要視しなかったらしいんだね。その当時、高句麗の人は国交に後ろ向きなヤマト朝廷に対して、大軍を送ってきて圧力をかけたんじゃないのかな。

何か、一二七〇年代のモンゴル帝国『元朝』の使者が日本に来た時に似ているね。相手にされなかったと怒ってしまったモンゴル帝国はその後、元寇と言われる『蒙古襲来』を実行してしまった。その時の状況と似ていると思わない？」

「へーーぇ、光星さんは本当に物知りなんだ。福井の人だってそんなこと知らないわよ」

「だから昔の言い伝え話として元寇の七百年も前に、この嶺南地区に高句麗の大群が押し寄せていたのだろうと理解できる。海も荒れて多くの若い人達がこの日本海に消えていったと思うと、本当に心が痛むんだけど」

「そうね、今でも時々小さな木造船が流されて漂着しているというニュースもあるものね。港の人は、関係者が水難に会うとその人を見つけるまで漁を中止して、関係者皆で捜索するのよ」

スピカさんの心の中に母親から受け継いだ海の人の優しさが、青い海への尊敬の気持ちと共に芽生えているようであった。

「どうして光星さんはそのことに注目しているの？」

「そうだな、歴史的には対馬暖流を利用して日本へ行きたいと考えていた若い人達が大勢いたんじゃないのかな？

一二七四年及び八一年の元寇については日本史の歴史で習うけど、あの元寇は初めから襲来をかけてきたわけではなかったんだ。あの当時二回に分けてモンゴル帝国も日本へ特使を送り込んでいたんだよね。

一回目は遠くの島から日本の対馬を望んだだけで、対馬の人を見て日本人はかたくなで荒々しく礼儀を知らない民族だという噂話をモンゴル帝国に持ち帰ったらしいんだ。

二回目は大宰府に特使が来ているけど、南宋と懇意にしていた鎌倉政府からの反応が無かったということで、日本に滞在して七カ月後に母国へ帰って行ったと言われているんだね。それから六年後に文永の役、更に七年後に弘安の役が起きている。元寇の問題の解決は大嵐が一因だったと言われていたけど、今はいろいろな説が出てきているんだ。でも、日本海は時として急激に大荒れとなったことは確かなんだろうね。元の艦隊は当時においては世界の最大で最強の海軍、と高校生の時に日本史で勉強した。

日本海美人にも興味があるけど、本当のところ嶺南地区になんでたくさんの国宝級の神社が残っているか不思議だったんだ。それを調べていたら、元寇に似たことが五七〇年ごろにこの福井の嶺南の海で繰り広げられていたようなんだ」

スピカさんは遠くの海を眺める目つきになっていた。

「そんなこと知らなかったわ」

「福井の嶺南の沖に来た軍団も五百隻を数えたと言われている。きっとそれぞれの舟に軍旗を掲げていたんじゃないのかなあ。青い海に黄金の龍があしらわれた濃紺の旗、それが集団で移動している様子を思い浮かべると日本海に対するイメージも変わると思うんだ。

そしてその成敗のために京都から天皇家に近い人々が集まって対応したと言われている。高句麗の軍団もこの時、荒れ狂った海によって壊滅したと言われている。日本海に投げ出された人々は福井の鷹巣海岸から三国湊、現在の石川や富山や新潟に流されて、その地で大切に弔われたのではないのかな。調べて行けば各地に昔話や言い伝えとして残っていると思うんだ。対馬暖流に流されてしまった、将来の夢を持っていた若者達の思いを考えさせられてしまったね」

鷹巣海岸で甲羅干しをした時の記憶をたどっていた。

〈青い空と海、本当に日本海はきれいだ。昔からこの日本海の沖を多くの人達が小さな木船で行き来していた姿が見えるようだ。

時として、北前船の船員達も高句麗の人達も日本海に投げ出された人が多かったんだろうに。海に投げ出され絶望感と共に海に閉じ込められてしまった人達の気持ちを忘れてはいけないよな。
その人達のいろいろな思いを乗せた波が「ザーア、ザーア」と今日も静かにこの海岸に押し寄せているんだろう。素敵で平穏な瑠璃色できれいな日本海を後世に長く残すことが大切だよな〉
僕は日本海で繰り広げられたロマンスについて考えていた。

◇ 笏谷ブルー

「日本海と言ったら北前船の湊町、三国だよね」

三女のアルトゥさんは僕の『三国湊』という言葉を耳にしていたようだ。

「私は三国の街が好きよ。光星さん、私の友達が三国で昔の家を使ったお店を開いているの。今度行ってみない？」

「いいね。いろいろお店紹介してね。名古屋や東京から来るお客様をいろいろなところに連れて行きたいから、お店の情報は本当に助かるんだ」

「そのお店は明治時代に建てられた女郎のお屋敷と言われているのよ。光星さんはスケベだから興味があると思っていたわ」

「へーーーぇ、当たりーーぃ」

三国の街は北前船の時代に大いに栄えたことは知っていた。海の荷役権と川の荷役権があり、ダブルで収益を上げるシステムが存在していたと言われている。

三国の街の丘の上にある立派な建物はもともと小学校だった。その小学校は三国に住む町民がお金を出し合って、外国の人に設計してもらって建設をしたとも言われている。さすが海の人達の考えることだと思った。この当時から教育の福井を感じさせてくれ、海の人達の気質がそのまま街づくりにも生かされていると感心した。

「光星さんは北前船が運んでいた主な物を知っているかしら」

その辺は図書館で十分調べていた。

「海産物を北海道から運んできていた。それに年貢米とかも」

「さすがね。年貢米がでてくるとは思わなかったわ。北前船についてまだ知っていることがあるんでしょ」

「昔は年に一回程度しか船の行き来ができなかったとも言われている。だから海の男はその出航の時を待って命がけで仕事していたんだろうね。三国の街は荷役権で多くの富を得て、住んでいる人の気質もあってすごい活気のある街だったんだよね」

「そうよ、今の北海道から見れば本土は憧れの土地。多くの女性も一緒に福井に来ているわ。だから遠い地域の血が混ざるから福井の人にも美人が多いのよ」

　確かにこの三姉妹も美女軍団だ。

「光星さんは、思案橋や見返橋を知っている？」

「もちろん知っていますよ。川の街と海の街の境にある橋のことだよね。

　女郎屋敷は海の街の中にあったんだよ。川の街に住んでいた男の人はその橋のところで奥さんのことを思って、女郎屋敷に行くのをどうしようかと悩んだそうだ。だから、その橋のことを思案橋と呼んでいたんだね。

　そして目的を達して『あの子はかわいかったなあ』と裏道を通ってこっそりと海の街から川の街に戻る道の途中にある橋が見返橋。

どちらの橋も歩いて五歩程度の本当に小さな橋だけど、両方の橋にはその時代の男の素直な行動の痕跡を感じるんだよね」

「そうね。本当に男って単純だったのね。今ではいろいろな規制があるから、人間のオスはかわいそうな生き物の代表格かもね」

僕は幼い時に見たあの動物がそのような規制も無くのびのびとしていたことを思い出していた。オスがメスの背中に自分の頭を乗せて寝そべっていた。お父さんがお母さんに甘えているようで、子供心にも微笑ましいと感じていたことを思い出していた。

「風待ちをしている時は何日も男所帯の生活をしているし、何と言っても船の上ではお金を使える場所も無かったから、陸に上がったら恐竜のごとく花街を闊歩していたんだろうね」

「そうだと思うわ、アルトゥは今の時代に生きていて本当に良かったと思うわ。その当時だったらどんな生き方をしていた女性だったんだろうと思うと自然と涙が出てきてしまうわ」

「海の男の人気ナンバーワンの売れっ子の女性だったりして」

「本当に光星さんは口がうまいんだから」

　アルトゥさんは何かを訴えるように、ニコッと微笑みながら僕の顔を覗き込んできた。その時、動物園で見ていたあの動物の仲間達が僕の足元の周りにぞわぞわと集まって来たように感じた。

〈俺達は光星さんが心で思ったことを実行するために背中を押す応援団なんだ。自分の心の決心次第だ。後悔するな〉

　その動物達と一緒に良からぬことを考えている別の自分がいることに僕は気が付いた。

「海産物などを福井に運んできて、帰りは何を積んでいたの？」

　アルトゥさんの質問に我に返った。

「そうだね、船はバランスを取るために何らかの荷物を積まないとひっくり返ってしまうからね。タンカーもオイルを積んできたら帰りは向こうの国で大切な物を運んで帰ると聞いたことがあった。それは『水』。砂漠では貴重品でしょ。今では海水の淡水化技術もかなり進んだから何を運んでいるのか調べなくてはいけないけど」

「なるほどね、そうすると北前船で福井から運んだのは」

「バラストとして利用されたのが福井の足羽山《あすわやま》にだけある不思議な石。加工しやすいし水にぬれても滑りにくい。水にぬれると不思議な瑠璃色に発色する石。その石が富山や新潟、更に北海道の寺院に航海安全祈願のために多く寄贈されたんだ」

「その石は私達の昔の家のお風呂場の床に敷いてあったわ。笏谷石《しゃくだにいし》だったかしら」

「アルトゥさん、今度内緒で、二人で温泉にでも行こうか」

「あんた達二人で何こそこそ話しているの？　地獄耳の私にはすべて聞こえていたわよ。二人っきりで温泉に行ってはダメよ。楽しいことをする時は三人姉妹が一緒でなくてはね。姉として妹を守るのも大切な役割だから。分かっているの、光星さん」

　僕の周りに集まっていた動物達の姿が一瞬で消えてしまった。

〈一度箍《たが》を外すと人生良からぬ方向に動いてしまうぞ〉

　僕の脳裏に誰かが声をかけてきたようだ。親友の声のような気がした。周囲を見回したが誰もいなかった。

「光星さんはその笏谷石について、その他に私達よりも知っていることないかしら」

　スピカさんも話題に入ってきた。

「そうだね、笏谷石には三分類五種類あるということかなあ」

アルトゥさんは話題を姉に取られたと思ったのか、まゆ毛を八の字にして口をとがらせた可愛い女学生のような表情であった。右手でビールジョッキを持ち、左手で串焼きの肉をもって、あのビアガーデンの青春の日の仇討ちをしているようにも感じられた。

「笏谷石には小さな白い石が入っているんだ。その白い石の状況で石を板状にした時の模様に違いができるんだね」

　次女のレグルスさんもこの話には興味があるようだ。

「落盤事故があったんでしょ」

「その通り。一九九八年には採掘を終了していたんだけど二〇〇五年に市営墓地の所が大きく陥没してしまった。その原因が採掘坑道跡の落盤と分かったんだ。それ以降、坑内にもなかなか入ることもできず、新たに笏谷石を掘り出すことも無くなったんだと言われている。ちなみに笏谷石には『青手』『中手』『黒手』と言われる種類があり、青手が一番高級な石として笏谷地区で掘り出されていたから、笏谷石と総称で呼ばれるようになったらしいね」

「光星さんはどうしてそんなにいろいろ知っているのかしら。まあ、福井の女性より図書館の本に興味がおありそうで良いんじゃないかしら、問題起こさなくって」

次女のレグルスさんの冷たい言葉が飛んできた。僕はレグルスさんに会うのが久しぶりなので失礼なことを言ってはいけないと緊張していた。

「笏谷石は福井の沼地を整備したと言われる継体天皇によって発見されたと言われているんだね。丁度、高句麗からの使者が福井の地を訪れていた時代と重なることも面白いと思っているんだ」

「福井のロマンスはいろいろなところで繋がっているのね」

スピカさんが胸に付けているペンダントを指でくるくる回しながら時間を持て余しているように呟いていた。

「スピカさんのペンダント、綺麗な琥珀ですね」

「そうよ、蟻が入っているの。母親の形見。しっかり働きなさいって母親が私にくれた物よ。蟻は働き者でしょ。一生懸命に働いていたのにこの琥珀に閉じ込められてしまって独《ひと》り法師《ぼっち》ね。かわいそうだわ。誰のために一生懸命に働いていたのか、誰のために生きていたのか。そう考えると涙が出てきてしまうわ。

でも、今の時代にその姿を残して、生きている私達と対面できるのがすごいことだと思うわ」

「見せてもらってもいいですか？」

スピカさんはペンダントを首から外して僕に手渡してくれた。

「私は福井で頑張ってくれている人のために一生懸命に働いているわ。私のあり余っているパワーをあのお店で振りまいているの。光星さんはそのパワーを感じ取ってくれているかしら」

「いつも火曜日に一週間のパワーをもらっていますよ。自分がパワー切れに近づいたと思うと、火曜日以外でもぶらりとお店に寄らせてもらっているような気がします」

「そうね、それでいいわ。それが天から授かった私の使命だわ」

僕は琥珀のペンダントを両手で包み込んでじっと見ていた。

どこかの博物館でこれと似た琥珀を見たことがあると思った。

「このペンダント、もともとは対のイヤリングだったりして」

「母親はそんなことを言っていたような気もするわ。ひとつ失くしてしまったからペンダントに作り変えたと言っていたわ」

昔あの博物館で見た、しずく型をした蟻の入った瑠璃色の琥珀がこのペンダントと対の琥珀だと思った。

「蟻さんが微笑んでいるみたいですね。それに瑠璃色に輝いて、生命を感じさせるこの琥珀はとても綺麗ですね」

「さすが光星さんね、その通り。〈瑠璃色の地球〉という歌もあるけど、生きるものの生命の基本がこの瑠璃色の世界にあるんじゃないかと思っているのよ。

〈夜明けの来ない夜は無いさ〉良いフレーズね。〈泣き顔が微笑みに変わる瞬間の涙を世界中の人たちにそっとわけてあげたい。争って傷つけあったり、人は弱いものね〉松本隆さんの素敵な詞ね」

「本当にそうだね、地球は私達人間だけでなく多くの生き物が住める唯一の星。〈朝陽が水平線から光の矢を放ち〉も素敵なフレーズだね。地球に生きるすべての生き物は、その矢のような朝陽を見て雄叫びを上げて、今日も一日頑張ろうと思うんだろうね」

スピカさんにそっとペンダントを返した。

次女のレグルスさんと三女のアルトゥさんも、母親の形見と言われたそのペンダントをじっと覗き込んでいた。

マスターだけが興味無さそうに一人黙々と、もうもうとした煙の中でお肉を焼いていた。

◇恐竜大国の地平線

「美味しく肉が焼けたぞ」

僕達は福井のいろいろなロマンス話に夢中になっていた。ついついお肉を食べることに対し手が止まっていた。マスターのひと言で改めて皆がテーブルに向き合った。

「いただきまーーす」

「でも、光星さんと話していると大学で講義を受けているようで楽しいわ。本当の勉強って記憶することじゃなくって、いろいろなことを調べていろいろなことに疑問を持って、なぜなんだろうと考えることなんだろうね。

高校や大学の入試に記憶力の調査みたいな試験が多いから、どうしても受験はその記憶力をアップさせる方に力が入っているかもしれないわね」

僕はさすが教育優秀県の福井の方の意見だと感心していた。高校の時に学年で五百人もいる生徒の中で後ろから三十番の人が、あっという間に上位三十番以内に楽々入り込んで、無事に高校を卒業したと豪語したスピカさんだと改めて実感した。

「ねえ、福井って言ったら何と言っても恐竜でしょ。この鶏肉も恐竜の子孫達と思うと、なんだか自分が食物連鎖の王様になっているようでワクワクしてしまうわ」

スピカさんのワクワク感が飛び出してきた。

「そうだね。映画の『ジュラシック・パーク』では、確か、血を吸った蚊の琥珀の化石から、その血のDNAを使って培養再生したらそれが恐竜だったというストーリーだったかなあ」

「そうだったかしら。それもとてもロマンスがあるわね」

「実際にはDNAが何万年も、そのまま残っているとは思えないけど、その辺の着眼点が面白いストーリーだと思っているんだ」

マスターも話題に参戦してきた。

「光星さんは恐竜博物館に行ったことある？」

「もちろんです。世界に誇れる素晴らしい博物館ですよね」

僕は福井県立恐竜博物館が、カナダや中国と並ぶ世界の三大恐竜博物館だと聞いたことがあった。福井の恐竜博物館の外観が卵型をしている理由や、日本で見つかった恐竜の八割ほどがこの福井で発見されていることも知っていた。

「福井を語る時は美味しい物はもちろんだけど、この恐竜博物館を忘れてはいけないんじゃないのかな。福井でも初めはワニの化石が見つかって、それを調査していたらいろいろな恐竜の化石が見つかったんだよね。それも今までに見たことのない恐竜の化石も見つかったんだね。だから『フクイ』の名前を持つ恐竜がいくつか展示されているのも興味が湧くよね」

スピカさんは僕から受け取った琥珀のペンダントをテーブルの上に置いて、レグルスさんとアルトゥさんと一緒に覗き込んでいた。

「一八二二年にイギリスで大きな歯の化石が見つかっていたらしいんだ。それが巨大爬虫類恐竜発見の始まりと言われているらしい。それから一世紀後の一九二二年、アメリカの動物学者が北京からゴビ砂漠に恐竜の調査に出掛けたと言われているんだ。その出発の四月十七日を『恐竜の日』としたんだね。その調査で恐竜の卵の化石だけでなく、卵がどのように産み付けられていたかの巣なども見つかったらしいんだね。その後恐竜の研究が本格的になってきたから、恐竜のことが分かってきたのは一世紀の間なんだ。まだまだ未知な分野だと言えるね」

次女のレグルさんがペンダントを突っついてテーブルの上で転がしていた。琥珀に閉じ込められている蟻が迷惑そうな微笑みを浮かべているようだ。

「そうなんだ。恐竜のこと昔からの話と思っていたけどまだ一世紀しか研究がされていないんだ。

でも、このペンダントの形は恐竜博物館の外観の形に似ているわね。それに、福井県立大学に恐竜学部が新設される方向になったと噂で聞いたことがあるわ」

「そうそう、卵のような屋根の形が特徴な博物館だね。それに恐竜学部の新設の話には、いろいろな経緯があるんだ」

「光星さんの話がまた長くなりそうね。蟻さんも我慢して聞いてやってね」

スピカさんがペンダントを首に掛けていた。街灯から差し込んでいる青白いＬＥＤの光に琥珀のペンダントは一瞬その独特な輝きを放っていた。ペンダントの中の蟻も〈仕方ないなあ〉という諦めの様子であった。

「恐竜博物館ができて間もない頃、県知事を囲んだ懇親会においてある新聞記者が質問した内容を覚えているんだ。

〈福井県立大学になぜ恐竜学部が無いのでしょうか。恐竜学部を作る予定はありませんか〉

その質問に対して県の担当者が答えていたんだよ。

〈現在その準備としてアメリカで恐竜の卵を研究している学者の招へいを進めております。福井でもそのような学問が進んでいくようになるとの思いを込めて、卵型の外観の博物館としました〉と。

それが恐竜博物館の外観がなぜ卵の形なのかの理由なんだね。福井の発掘現場でも卵の殻のかけらの化石が出ていたと言われているんだよ。当時はまだ恐竜は爬虫類説派が多くて変温動物と思われていたんだね。福井でもワニの化石の発見が化石発掘のスタートになっていたのはなんとなく不思議なことだと思うよ。

それで卵の研究者をアメリカから招へいすることを考えていたらしく、博物館も恐竜の卵の研究をメインとする予定だったみたいだね。そのために卵型の屋根の形にしていたらしいんだ。インターネットでその内容について調べても情報がなかなか見つからず、噂話だろうしミステリーな話かもしれないね」

「ミステリーな話をしながら飲む生ビールが美味しいのよ」

長女のスピカさんらしいコメントである。

三女のアルトゥさんも焼けたお肉を食べながら、福井駅前の壁画について話を始めた。

「うちの孫が福井駅の西口の飛び出す恐竜の絵が半分ウロコの姿で半分羽毛の姿で描かれているのを私に質問した時があったわ。その質問に答えられなくて困ったわ」

「そうだね、あの飛び出す絵になっている恐竜の前で記念写真を撮っている子供達が多いけど、あの壁画にいろいろな恐竜の秘密のことが描かれているんだよ。

　それは恐竜のいろいろな化石が発見されて、その調査で羽毛の痕跡が見つかった。一九九六年に背中から尻尾まで羽毛の形の残っていた恐竜化石の発表があって、それから一気に恐竜の研究が進んだのかもしれないね。骨格の比較や分岐分析の手法から、恐竜は爬虫類でなく鳥類に近かったと考えられるようになったんだ。

　恐竜の歯の化石が見つかってやっと二世紀。僕達の子供の頃はウロコの恐竜の姿を学んだ。今の恐竜がいろいろカラフルな姿になっていることに、僕達もそうだけど僕達より古い年代の人も驚いているんだろうね。今の子供達の方が恐竜についてとても楽しく学んでいると思うんだ」

　皆がそろって箸を止めて僕の話に聞き入っていたようだ。

「福井県立大学に恐竜学部ができると新しい話題を福井から全国に発信できるようになりそうだね。福井には恐竜だけでなくいろいろと『地球や命に関わるロマンス』に満ち溢れていることも一緒に発信してくれるとうれしいなぁ」

「光星さんは恐竜学部の創設についてはどう思っているの」

マスターは福井の新しい動きについて興味があるらしい。

「二〇二五年四月に福井県立大学に恐竜学部が開設されることになったことは素晴らしいことだと思うよ。校舎も水平ラインの地層をイメージした外観となっていると言われている。

恐竜学部は恐竜だけでなく地質や古気候学の研究をするということを目的に設立されたらしいね。単に恐竜の化石が眠っているボーンベッドと言われる地層を調査研究するだけでなく、福井県の誇る『年縞』や『地形』にも調査研究を行うことを目的としていると思っている。しかし、どうしても学部の名前から恐竜に注目が集まってしまうのではないかと感じてしまうけどね」

僕はスピカさんの首に掛けられた琥珀を見つめていた。

〈年縞は水月湖《すいげつこ》が七万年もの間、木の年輪のように一年ごとの記憶を人類のために残してくれた、自然気候の「世界に誇れる物差し」基準なんだ。放射性炭素年代測定法では炭素十四の量により、どうしても年代の測定にバラツキが出てしまう。年縞と呼ばれるように地層に閉じ込められた花粉などの情報から、その年の環境の良し悪しも分かるし、琥珀と同じように過去の生物の証をその当時のままに正確に奇跡的に閉じ込めて今日に残してくれているんだよなあ〉

「ねえ光星さん、何をぶつぶつ言っているの？　奇跡的とか」

「ごめん、ごめん、奇跡の湖と言われる水月湖など、福井には本当に世界に誇れるロマンスがいろいろあるなぁと考えていたんだ」

スピカさんは琥珀のペンダントをシーリングライトに透かして蟻さんに語りかけていた。

「どうして水月湖が奇跡の湖なの。教えて」

〈それはじゃのう、まず湖に流れ込む大きな河川が無かったことじゃ。第二に湖に生き物が生息していなかったこと、これも不思議だが奇跡であった。もし生き物がいたら底にたまった泥がかき乱されて綺麗な年縞ができなかったじゃろう。そして三つめは、湖が嵐や地震で今日まで埋まらなかったことじゃ〉

スピカさんはあたりを見回していた。

「どこからともなく変な声が聞こえてきたわ。私も歳をとってしまったから変な声が聞こえる年代になってしまったのかしら」

　僕の隣で次女のレグルスさんが僕の脇腹を突っつきながら笑っていた。そして僕の顔を覗き込んでいた。

「光星さん、お箸を咥えながらもぐもぐしているけど、腹話術でもしているの？　やだぁ、光星さん、よだれが出ているーーぅ」

　僕はお箸を口から離して、慌てて左手で口元を拭った。

〈万歳としては面白い状況だなあ〉

　親友の声が聞こえてきたように思われた。僕も歳をとってきたからあちらの世界の言葉が聞こえてきたのだろうか。

　恐竜のことや福井のロマンスのことを語ると話が止まらなくなるのが僕の悪い性格である。

　僕は焼き肉を摘まんでいる皆の顔を覗き込んだ。

「いつも考えていることがあるんだけど聞いてくれる？」

「仕方ないわね、どうぞ。でも手短にね」

　自分の行動について常に考えていることを話してみた。

「僕は錯覚でもいい、思い込みでもいい、考えたことを自分を信じてまず実行してみる。失敗に終わってしまったらどうしようと実行せず結果を先に考えてしまう人もいるかもしれない。僕は失敗でなくそれが実行した結果だと考えているんだ。だからその結果を基にしてもう一回考えて、更に前に進めばいいと思っているんだ」

　スピカさんが僕の話に呼応してきた。

「私は一度に二人の人に楽しんでもらうことを考えているの。井戸端会議も三人で楽しめば更に多くの人にその楽しさが伝わっていくわ。足し算でなくて『べき乗』の掛け算になるのよ」

「ゼロ乗、それは数字の一《いち》、本人ね。そして、二人、四人、八人、十六人。どんどん輪が大きくなっていくんだね」

「そうよ、自分に話をしてまず自分に向き合ってみる。そうしてから相手に向き合うの。時には自分の人生の中で、少しだけ箸休めをしてみる。そして再び、好奇心を持って観察して前に進むの。光星さんにはそれらの気質があるわ。

私達人間は恐竜と違って、人の心に深く伝えることができる〈言葉〉を手に入れたわ。だから、どんな人もその〈言葉〉を使って人は人のために生きていくことができるはずなのよ」

スピカさんの話を聞いて、夜明けの瑠璃色に輝く地平線を闊歩し雄叫びを上げている恐竜のシルエットが僕の脳裏に浮かんでいた。

他愛無い話が二順し、僕の頭の中の恐竜のシルエットが再び雄叫びを上げるタイミングで、片町で開催された饒舌な乙女達の夕食兼飲み会は散会となった。

◇心に響く一筋の音色

時の流れが加速している。三婆場の三ババとの楽しい食事会からかなりの時間が過ぎていた。そして僕の福井の単身赴任の生活もあっという間に十年の時が過ぎた。

福井駅西口の風景もガラッと変わった。福井の大雪の時は、福井駅前がテレビで全国放送されることも多く、新しくできた駅前ビルと氷河期を迎えたような雪をかぶった恐竜の姿を見たというお客様関係者からの連絡が多くなっていた。福井駅西口の古いアーケードがあった頃を知っている福井県人会の方々からも、福井駅西口の激変ぶりについてお褒めの言葉も頂けるようにもなっていた。

季節が進むとその雪も解け、山々の新緑や山菜の香りも遠くの真っ白な白山の姿も僕の心をくすぐり始めていた。

新緑の福井の田園風景も目に付くようになり、北陸地区もいよいよ春本番を迎えようとする季節になっていた。

〈そうだ、名古屋のゴルフ仲間を福井に呼んで「福井単身赴任十周年記念パーティー」を自作自演で開催してみよう〉

そんなことを僕は思いついた。

十周年記念パーティーの内容を決めることは簡単であった。

名古屋のゴルフ仲間を中心にした声掛けだから、福井のあわら温泉に来てもらい、夜の宴会で酒を酌み交わし、そして次の日に名門のゴルフ場でゴルフを楽しむという企画を誰もが思いつくだろう。今回の企画にはもう少しエッセンスを加えてみた。

「宴会と宿泊代、ゴルフコンペの景品、それと夜の芸妓《げいこ》さんの費用は僕が持ちます。名古屋からの交通費と次の日のゴルフプレイ代は個人負担でお願いしたいのですが。ゴルフでは日本女子オープンゴルフ選手権が開催される『あわらCCの海コース』を回ります」

そんな記念パーティーを開催することにした。

単純に夜飲むだけでなく、福井の夜の文化にも触れることができる。そして日本女子オープンゴルフ選手権の開催コースを回れるというワクワク感が誰しもの心の中に芽生える。絶対に行きたくなるような企画を考えることが、根回し上手な僕の得意技でもある。

小さなホテルでの開催であったから、僕達のメンバー以外の宿泊者は無く、貸切り状態でのパーティーにすることも可能になった。盛り上げには絶好の条件がそろったことになる。

福井に単身赴任して十年間、僕が健康に過ごせた理由のひとつには火曜日の三婆場さんでの食事会にあったと僕は思っていた。だから三婆場の三姉妹にもこのパーティーに参加していただけないかとお願いしていた。美味しい食事だけでなく、楽しい会話の時間を頂き、ストレスを発散しながら仕事に邁進できたことに対して、感謝の気持ちを込めて招待させていただいた。

三婆場のメンバーは四人であった。福井で初めてお店にお邪魔した時に手伝いに来ていた次女待遇のデネボラさんも参加してくれることになった。そのことはとてもうれしいことであった。

「歳をとると、噂と尿漏れは止まらないのよ」

準備も中盤になり三婆場の長女スピカさんの人生観にあふれた言葉で笑いが止まらなくなった。パーティーの噂が福井でも流れ、ゴルフ仲間だけでなく仕事関係者も参加したいとの申し出を頂くことになった。

「中途半端はダメよ」

スピカさんのその言葉でお祝いの芸として本格的な宴会としようと思い、そのひとつとして芸妓協同組合に芸妓さんを四人派遣していただくようにお願いした。

「その日はお座敷が多く四人揃わないわ」

芸妓協同組合からの返事であったが、組合の計らいで僕の知っている「ひさ乃」さん含めて芸妓さん二人は来てくれることになった。


十周年の記念パーティーの日はあっという間にやって来た。


僕はホテルに日本酒の持ち込みの許可を頂き、名古屋から来るゴルフ仲間のために、福井で有名で美味しい地元の日本酒をたくさん準備した。

司会は福井の仕事関係者の人にお願いすることができた。

乾杯の音頭が終わると持ち込んだ日本酒の一升瓶や四合瓶を持って、皆が順番に僕の所に挨拶に来てくれた。

僕のコップに日本酒をなみなみと注いでくれた。お互いに近況を短く話し楽しい時間を過ごしていた。もちろん、僕はお酒の種類が変わるたびに自分のコップを空にした。そして準備してあった他のコップを返杯として渡し日本酒を注ぎ返した。皆が僕の返杯の日本酒を美味しそうに飲んでくれたのもうれしかった。お互いの健康の話も多かった。

「今日だけは主役」

このタスキは次女のレグルスさんが準備してくれたものだったらしい。そんなタスキが、知らない間に僕に掛けられていた。

僕には宴会の初めの十分程度しか、はっきりとした記憶が残っていない。その宴会の途中の楽しい記憶は断片的にしか残ってない。単に酔っぱらって記憶が飛んでしまったのだ。仲間が写してくれた写真を後になって見て、宴会の楽しさを確認するしかなかった。

多くの写真には皆がとても楽しそうな様子が写っていた。琥珀と同様に、その時を一瞬に閉じ込めてくれる技術を人類は作ったものだと感心せざるを得ない。

僕には記念パーティーの写真が残っているだけで十分である。皆が喜んでくれたらそれで良かったと今は満足している。

司会者が〈一度、席に戻ろう〉とアナウンスしてくれたらしい。

芸妓さんの登場の時間となったようだ。二人の芸妓さんが姿を現してくれていた。芸妓さんへのお礼の言葉などを僕が伝えたと思われるが、失礼ながら全く記憶に残ってない。

「ひさ乃」さんは宴会の趣旨を理解してお祝いの小唄と踊りをしてくれたらしい。その後もお座敷芸などで二人の芸妓さんが宴会を盛り上げてくれていたらしい。エントロピー増大の法則そのままに、宴会場は再びクシャクシャになっていったようだ。

三姉妹三様、次女待遇のデネボラさんも宴会芸を披露してくれ、いろいろなことを考えてくれていたらしいと今でも感謝している。

宴会の後半にテレビでも有名になった糸扇家《しせんや》「まどか」さんが、青い着物に身を包んで駆けつけてくれた。僕にとっても参加者にとっても良い想い出となったみたいだ。

一次会がどのように閉宴したかは僕には全く記憶が無い。

ただ二次会で飲むお酒類を部屋に置いてあったので、自分の部屋からお酒類の入った段ボール箱を両手で抱えて階段を下りて二次会の部屋に向かったことは断片的に覚えている。階段でこけたことだけはしっかりと記憶に残っている。心にその音が響き渡った。

「ガシャン、ガシャガシャ」

しばらくしてその音を聞きつけた司会を担当してくれた仕事関係者の人が駆けつけてきたようだ。

「大丈夫か？」

「大丈夫、ちょっと右足首を挫いた程度だと思う」

彼はお酒類の入った箱を大切そうに持って二次会の会場に向かってくれた。僕はしばらく階段で座っていた。誰も僕の所に来てくれなかったようだ。二次会のカラオケ会場から大盛り上がりの声だけが聞こえてきたことを記憶している。

〈今は、酒の方がお主より大切なんだなぁ〉

僕の周りに幼児期に見たあの動物達が集まって来ていた。

〈ここに集まっている亡霊達はお主の応援団だ。時々お主の様子を見に近くに現れるから驚くなよ〉

酔っぱらって幻想を見ていると思っていた。そういえばこの頃、自分の足元でざわついている動物がいたなあと思い出していた。

二次会のカラオケでも芸妓さん達三人と四ババさん達が時間を作ってくれていた。二次会の時も皆が本当に楽しんでくれていたと後日の写真が物語っていた。一人ソファーの隅に身を小さくして、陽気で瑠璃色というよりも青白い顔の僕も写っていた。

四ババさん達は芸妓さんと張り合うように参加者を盛り上げてくれたらしい。ただ、僕の記憶は初めの乾杯だけでそれ以降の記憶は途切れていたのが悔やまれる。

二次会のカラオケが終わって夜遅くに、四ババさん達は福井市内までタクシーで帰ることになった。僕はある程度酔いが醒めていた。

「今日は楽しかったわ」

四ババさん達が一人ずつ僕にハグしてくれたことだけはしっかりと覚えている。


「久しぶりに四ババが集まることができて嬉しかったわ」

次の日に三婆場の長女スピカさんからお礼の連絡があった。

「まどかさんが駆けつけてくれた時には、宴会場がぐちゃぐちゃで会が盛り上がっていたわね。光星さんは酔っぱらいだから覚えていないでしょ」

確かに全く覚えていない。

「まどかさんの三味線の弾き語り的な小唄、それに合わせた、まどかさんのお嬢さんの「ひさ乃」さんの舞い、とても素敵だったわね。私の胸に付けていたペンダントが身震いを起こしていたように感じたわ。思わずぎゅっと握りしめてしまったわ」

僕には想像できた。琥珀の中の蟻がまだ外部の刺激を聞き取る心を持ち合わせている状況であるのではないかと思った。

「まどかさんのあの小唄の時に、光星さん泣いていたわよね。その光星さんの姿に、若い時の自分の姿を重ね合わせてしまって私も涙をもらってしまったわ。人は自分の人生の区切りとしてあのように仲間と集まっていろいろ語るのがいいのね。

光星さんもバックストレートの人生にきりを付けて、第三コーナーを曲がって第四コーナーに向かう時になったのね」

まどかさんのその小唄とひさ乃さんの舞いの記憶がすべては残っていないが、まどかさんの三味線の音に僕は涙ぐんでいた。まどかさんの三味線の最後の「ビッシーン」という音を不思議と僕は覚えている。福井単身赴任の十年という時間でせき止めていたはずの想い出がどっと流れ出たような瞬間であり、その音色はこれからの僕の人生の新しいスタートの号砲だったかもしれない。

第四章　見えないゴールライン

◇人生の分水嶺

　あわら温泉で開催した福井単身赴任十周年記念パーティーから、すでに十年近くの歳月が経った。僕は名古屋に帰任していた。

　歳をとると一年があっという間である。十年の歳月も何やかんやであっという間であった。

　僕の人生も終盤に近づいてきていた。人生の最終コーナーを曲がる時が近づいてきたようだ。

あの時に集まってくれたゴルフ仲間も歳をとってきた。だから、僕は積極的にその人達の人生の区切りとなる「想い出」作りのお手伝いをすることにしていた。今年三月に六十歳の誕生日を迎えるゴルフ仲間がいた。その人から還暦パーティー開催の相談があった。

「死んでからのパーティーはお葬式になってしまう。元気に生きているうちにできるだけ早く皆で集まって、美味しい物を食べようじゃないか」

誰も反対をしない。少しでも早い日程で元気なうちに楽しいことをする。その辺の口説き文句は僕の得意技である。

更にパーティーの内容についても、思い出に残るイベントがひとつあればいいと思っている。還暦のお祝いだから赤いものが良い。それも想い出を作る企画のポイントである。

ゴルフ仲間と一緒に名古屋の「恋さん」というお店で還暦パーティーの事前打ち合わせを行っていた。素敵な女将さんがお店を切り盛りしている。その女将さんに、メインの料理としてカニの持ち込みの了解をもらうために皆で一杯飲んでいた。

「光星さんは福井の在席が長かったわね。うちのお店にも美味しい福井の日本酒の仕入れを手伝ってくれたから特別に持ち込みを認めるわ。それに自分のことをニックネームで『北斗光星』なんて呼んでいるから、この頃は本当の名前を忘れてしまったわよ」

「それでいいんだ。『光星』と呼ばれていると僕の人生の想い出の親友がいつも近くにいてくれるように感じるから。僕もその親友にあちらの世界で再会できる時が近づいていると思うけどね」

「そんな寂しいこと言わないで。光星さん。今度、二人っきりで飲みましょうね」

かわいい女将さんとの会話にはいつもドキドキしてしまう。いつまでもドキドキ感を持つことは大切なことだ。僕もまだ若いということなのかもしれない。

「今回はズボガニでパーティーをしようと考えているんだ」

「ズボガニって何なの？」

女将さんは持ち込みを認めると言ったのは「カニ」であり「ズボガニ」と普通の「カニ」の区別がつかないようであった。

「ズボガニはズワイガニのオスの脱皮したカニ。脱皮前は一般的に値段が高いけど、ズボガニは値段が安くなっているんだよ。一月下旬頃から脱皮が始まり、ズボッと身が取れるようになるから『ズボガニ』と呼ばれている。主に福井地区の人が食べる風習のあるカニなんだ。あとは当日のお楽しみだね」

ズボガニはいつでも手に入る食材でない。天候によって海が荒れるとカニ漁に船を出すことができなくなる。カニは直ぐに痩せてしまうから生簀《いけす》で飼っておくことができない。カニはとにかくその扱いが難しい食材なのである。

「黄色いタグが福井のカニのシンボルだよね」

「そうだね。でもカニをゆでると赤くなるから、還暦パーティーとしてとっておきのお祝いの品と思っているんだ」

ゴルフ仲間はズボガニの還暦パーティーにかなり期待をしているようであった。

「天皇家への献上ガニが三国港で水揚げされたズワイガニなんだよ。同じ黄色いタグでも『三国港』と書いてあるんだ」

カニの話になると話が止まらなくなるのが僕の欠点だ。

「なぜ三国港で水揚げされたズワイガニが献上ガニになっているか。その理由は簡単だよ、美味しいから。

同じ福井の黄色いタグでも、やはり『三国のカニ』は『三国のカニ』なんだよね。どうしてなのか福井の人でも地元の三国の人以外で知っている人は少ないかもしれないなあ」

女将さんが僕の横に座って話を聞き始めていた。

「何かミステリーみたいな話ね」

「福井県内を流れる大きな川は三本あるんだ。福井県の東側は岐阜県と接している。そこには県境となる山々が連なっている」

「丁度、日本海側と太平洋側の分水嶺ね。冠山《かんむりやま》のところの道路がやっと開通ね。岐阜県と福井県がより近くなったわよね」

女将さんも話題に入り込んできていた。

「例えば『夜叉が池』という不思議な池があるんだけど、太平洋側は揖斐川《いびがわ》の源流池であり日本海側は日野川の源流池となっているんだ。その池に関しては、福井県にも岐阜県にも同じような夜叉が池の大蛇伝説があるのも面白いと思うけど。

日本海からやって来る湿った雲が、福井県側の山々にぶつかりかなりの雪を降らせていることは知られている。春になればその雪解けの水が、日野川《ひのがわ》、足羽川《あすわがわ》、九頭竜川《くずりゅうがわ》によって、山々の豊富な栄養分と共に日本海に流れ込んでいくことになる。

この山から流れる栄養豊富な水は田畑をも潤している。お米も美味しく実る。そのお米や伏流水を使って美味しい日本酒もできる。福井県では、山の恵みをもらった川の水がこの三国港の一か所から日本海に流れ出ているという事実をまず知ってほしい。それが福井の不思議な地形なんだよね」

「福井の地形が水田とか畑とか、更に日本酒の生産まで関わっているなんて知らなかったわ。確かに福井の夏野菜や秋のマイタケの天ぷらなんかも最高に美味しいわね」

女将さんは食べ物の知識については誰にも負けないようだ。

「その栄養豊富な山から流れている川の水が対馬暖流に乗って福井県から石川県の方に流れていく。そこに生息しているカニを三国港の漁師は狙っているのだよ」

「そうなんだ」

「三国港から漁場が近く、お昼までカニ漁をして夕方四時頃には三国港に戻れる距離感が良いことでも知られている。

夕方の六時からセリが始まる。そのカニをトロ箱単位で購入して、すぐに調理して食するのが最高の食べ方なんだ。

福井のカニが美味しいのは、漁場が近く新鮮なカニを提供しているからと言う人もいるけど、本当の理由は福井県の川に関する地形にあるんだよ」

「石川県のカニも美味しいという噂を聞いたことがあるけど」

ゴルフ仲間は片山津のゴルフに行った時の話をしていた。

「十一月の下旬だったけど、石川県の加能ガニを食べたことがあったんだ。美味しかったなあ」

「いいところに行ったね。福井の黄色いタグだとかなりの金額になるのではないかと思うけど、同じ漁場で捕れた石川県の橋立港のカニも三国のカニと遜色なく美味しいんだ。同じ漁場で捕れたカニだからタグの色が青と違うだけで値段もリーズナブルになるんだ。その理由を知っている人は石川県側にカニを食べに行く人もいるくらいなんだよ」

「へーーーぇ、そうなんだ」

「福井と岐阜の県境付近に降った一粒の雨は、日本海に流れるか太平洋に流れるか誰も分からない。人生も同じだよね。いろいろなところで運命がどっちに転ぶか決まる時があるんだよね。僕の年齢になると、なんとなくあの時が人生の分水嶺だったんではないかと思うところがあるんだね。あの時の福井への赴任が福井の本当に美味しいカニに会えるか会えないかの分かれ目なんだと思うよ」

「そうね、人生の分水嶺って後で分かるのよね」

女将さんが「一杯注いで」と珍しく甘えてきた。

◇あの時の貴婦人

ゴルフ仲間の還暦パーティーは三月四日の土曜日に決まった。ズボガニの手配について三婆場のスピカさんに相談をした。スピカさんは福井の食材を集めるプロであり、鮮魚店とのしっかりとしたネットワークも持っていたから安心して任せることができると考えた。

「三月四日？　その日は私の誕生日よ」

スピカさんとの会話で車のナンバープレートの数字が僕の頭に浮かんだ。

「何かお祝いしなければいけませんね。誕生日は何回目かな？」

「今年は四十五歳くらいだわ。誕生日に歳をひとつ取るからどんどん若くなっているわよ」

スピカさんの歳のことはよく理解できない。あの時の車のナンバープレートの数字を思い出して、僕はパズルのように歳を計算していた。

「またいつの日か、誕生日のお祝いでもしようか？」

「三月四日、その日でいいわ。いろいろ考えておくわ」

スピカさんにズボガニの準備をしてもらうことにした。

「全員で五人参加なんだ」

「だったら大きめのズボガニ、トロ箱でカニが十杯入っているのを頼んでおこうか。かなり大きいカニよ。土曜日夕方に宴会するのであれば朝ゆでが一番。名古屋まで持って行くけど」

「いいの。大丈夫？」

「名古屋の友達に会いに行く予定が、次の日の五日の午前中に入っているから名古屋駅まで持って行くわ。名古屋駅で渡すわね」

そんな話から朝ゆでの赤いズボガニを中心に、ゴルフ仲間の還暦パーティーの準備が進んでいった。


パーティー開催日が近くなってひとつ問題が起こった。

「大きなズボガニ十杯も。考えてみたらすごい荷物ね。私が名古屋駅まで持って行くの？ちょっと考えちゃうわ」

「それじゃあ、僕が福井まで取りに行くよ」

「車で来る？」

「いや電車移動。金曜日に金沢の打ち合わせがあるからその夜に福井に泊まるようにする。土曜日に福井の仕事の予定を入れて、午前中に仕事をして午後にズボガニを取りに行くよ」

「そしたら、私も同じ電車で名古屋に行くわ。宴会場までタクシーで移動するでしょ？

名古屋駅から一緒に乗せて行って。あわら温泉の十周年パーティー参加の人達が中心の集まりでしょ。ちょっと挨拶したいから顔を出させてもらうわ。人の縁って不思議なのね。私はその縁を大切にしておきたいの。帰りは自分でタクシーに乗ってホテルまで帰るから」

パーティーの日はズボガニを食べながら楽しい会話が進んだ。

「福井はカニだけでなく恐竜も有名よ。カニも不思議な生き物よね。人間も蟹のように毎年一回脱皮して大きく成長する生き物だったら、今の世の中どんなふうになっていたんだろうね」

スピカさんは福井の恐竜のことも皆に話をしていた。

「そうだね、恐竜は『体から足が真下に真っすぐに伸びている爬虫類』と定義されていると本で読んだことがある。ニワトリを想像するとその骨格を理解できそうね。爬虫類だったら脱皮する恐竜がいたかもしれないね。僕も脱皮して年一回の脱皮休暇があれば、もっと違った人生を過ごしていたのかもしれないし」

「人間も脱皮中は外敵から身を守らなくてはいけないから、面会謝絶なんていうこともあるかもね。でも、私はその期間の孤独には耐えられないわ。人に会えないなんて寂しいから。

それに、年一回オスのズワイガニはメスを求めてメスの住んでいる水深の違った場所まで移動するらしいわ。水圧を考えると命がけの大変な旅ね。メスはオスから授かった精子を体に取り込み、その精子を大切に使って受精卵を作るのよ。そして命を懸けてその受精卵を守り、次の世代に命を繋いでいると聞いたことがあるわ」

「メスのズワイガニも命がけなんだね。僕の友達に『命がけ』という唄を歌っていたプロ歌手がいたんだ。その歌手はゴルフの帰りに亡くなってしまったけど、僕とは大の仲良しだったんだ。その『命がけ』という歌は今でもカラオケに入っているんだよ。

その歌手はまだ四十になったばかりで、人生の一番脂がのっていた時だったかもしれない。人生の第二コーナーを曲がって第三コーナーに向かって、バックストレートを軽快に突っ走っていた時だと僕は思っていたんだけど。本当に運命って分からないことだと思うよ」

「これから先の運命の時間を知ることができないから、人間は幸せな生き物なんだろうね。私はそろそろ最終コーナーを曲がろうとしているわ。そういえば光星さんはあの十周年記念パーティーの二次会のカラオケ大会でその歌を歌っていなかったわね。そうそう、あの時は酔いつぶれていたわね。いつかはその歌を歌ってね」

「機会があれば。女は恋に『命がけ』がテーマなんだ。ズボガニのことを思っていたらその歌手のことを思い出してしまったなあ」

「光星さん落ち込まない。生きている人が明日のことをしっかりと見据えて、今日という一日を元気に過ごすことが大切よ。

今日、皆さんにお会いして想い出話ができたのが楽しかったわ」


ズボガニパーティーは無事に終わった。

次の日の午後、名古屋市内の栄でスピカさんと待ち合わせることになった。待ち合わせ場所は広小路と久屋大通の交差点であった。この場所から新しくなった中日ビルの雄姿がしっかり見えた。

「昨日は楽しかったわ。これからデパートで買い物するの。ちょっと膝と腰が痛いから荷物持って名古屋駅まで送ってほしいの」

それが僕を呼び出した理由だと分かった。

「昨日は誕生日だったね、またひとつ歳を取ったということ？」

「そうよ、私は六十歳超えて毎年ひとつずつ歳を取って行くの。今年四十五歳くらい。光星さんは私の本当の歳を知っているんでしょ」

確かに自動車のナンバープレートの数字の解読はできていた。六十から毎年歳をひとつずつ引いていくと、四十五歳くらいと言われたら四十五歳である。四十五歳と言われても疑わない容姿のスピカさんであった。

「それにこの交差点の出来事を思い出すわ。この場所で次女のレグルスと『歳をとったら福井でお店したいね』という話になって、どんな名前のお店にしようかと話をしていたの。『三人で一緒にいつまでもお店ができる名前がいいわね』と言っていたのね。『ババアになってても三人でお店ができるのがいいわ』ということになって二人で顔を見合わせたのがこの場所よ。

その時にお互いに顔を見て一気に噴き出したの。お互いがババアになった時の姿を想像していたのね。大笑いよ。

その時に若い男の人が『大丈夫ですか』とお声掛けしてくれたけど、笑いが止まらずご無礼してしまったわ」

僕はびっくりした。あの時の貴婦人二人がスピカさんとレグルスさんだったとは思ってもいなかった。

〈その男の人は僕だったんですよ。そういえばレグルスさんの笑い声をどこかで聞いたことがあると思ったことがあったなあ〉

今になっては口が裂けても言えない本当に不思議な縁である。

「五月の新緑の季節だったかしら。楠も新しい葉っぱが出て古い葉っぱが落ち始めていたわ。楠ががさがさと笑い声を立てているようで、そのことも二人の笑いをまた誘ったわ。笑いが止まらず信号を何回もやり過ごして笑っていたのね。

時が経って周りの風景は変わったけど〈三婆場〉の名前が決まった、あの時のこの場所の記憶は変わらないわ」

ここで笑い転げていた貴婦人の二人が三婆場の長女と次女だったんだと僕は理解した。

僕の人生にとって、とてつもない時空を超えた福井との「太い糸」を感じた。

◇独《ひと》り法師《ぼっち》の雄叫び

名古屋で開催したズボガニパーティー、そして「三婆場」の名前の由来の話を聞いてからあっという間にまた十年近くが経った。

僕も七十歳の後半になり、生活能力ADLも日々下降線をたどっているのがよく分かってきた。とにかく躓《つまず》くことが多くなった。ほんの少しの段差でも「おっとっと」となってしまう。まだ転ばないだけ若くて元気だということかもしれない。

僕も人生の最終コーナーを回り、見えないゴールラインに向かって歩みを始めていた。

「元気なうちにもう一度、福井に行ってみようかなあ」

電車の車窓から見える新しい命に溢れる新緑の風景を楽しみながら、スピカさんに会うために福井に向かった。

「光星さん、お久しぶりね。私は今、一人になってしまったの。仲が良かった妹二人は共に、私より先に天空の星になってしまったわ。人は生まれる時も一人よね。死ぬ時も一人よね。

でも私は死を迎える時は孤独ではないわ。独り法師じゃないと思っているわ。だって、こうして光星さんに会えているから」

「元気そうだね」

僕も歳をとってしまったが、スピカさんも素敵に年輪を重ねていたことが窺《うかが》えた。

「それじゃあ、久しぶりに福井の美味しい日本酒で、お二人のお星さまに献杯でもしましょうか」

福井の嬉しいことは、昼間早くでも一杯飲めるお店があちらこちらに開いていることである。

「三婆場のお店は閉めてしまったわ」

「そうですか。それは残念ですが、三姉妹のお店でしたから仕方ないでしょうかね」

「そうね。人々が集まってくれる三姉妹のおババの『場所』が、お店のテーマのひとつだったから仕方ないわ。

お店をしていた時は毎日が楽しかったわ。光星さんにニックネームを付けてもらって、私達三姉妹は幸せな時間を過ごすことができたと思っているわ。ありがとうね。

今日はこのお店でいいかしら」

僕達は暖簾をくぐった。

「光星さんか？　久しぶりやのー」

お店のマスターが声をかけてくれた。

「お久しぶりです、お変わり無いようですね」

「そちらこそ変わらないのー。また今日はスピカさんと一緒に来るなんて、今晩は大雪かもしれんのー」

「大雪になったら、名古屋まで帰れなくなってしまうから大変だあ。どうしよう」

こんな新緑のいい季節に雪なんて降ることは絶対に無い。三人は大笑いをしていた。

「その時はうちに泊まっていきなさい。歳を考えれば子孫ができるはずもない年代でしょ。安心だわ」

「じゃあ、大雪で電車が止まったらそうしようかな」

そんな馬鹿話をしながら、二人の妹さん達を想い日本酒で献杯をすることになった。

「人生の道半ばね。お疲れさま」

久しぶりに飲む、美味しい福井の日本酒であった。

「マスター、いつもの勝山の春の山菜の天ぷら、何かできますか？」

「ほやのー。たらの芽やこごみなんかで、どうやのー」

時は進んでも季節の味と香りには変わらないものがある。


「福井に在任中や名古屋でのいろいろなパーティーに協力してもらって、ありがとうございました」

スピカさんにお礼の言葉をかけた。

「その過去形はダメよ。まだまだこれからもお世話しなければならない時が来るかもしれないし」

「そうですね。でも本当に福井へ仕事で赴任して、スピカさんはじめ福井の多くの人にお会いして人生の楽しさを知ることができたと思っています」

「そう、よかったわね」

「僕は、人生は仕事だけではないということを三婆場の三姉妹の皆さんから教えてもらいました」

「また過去形ね。これからも身をもって教えてあげるわ」

僕は単身赴任で福井に来て多くの人との関わりを持つことができたことに感謝していた。こうして福井にふらっと来られるのも良いことである。

〈自分の周りに常に誰かがいて、孤独感を全く知らない人間として僕は大人になり、今日まで生きていたのかもしれないなあ〉

親友との五十年以上も前になるが、学生時代のバックパッカーの「ぶらり旅」に思いを馳せていた。

〈独り法師とは仲間が無く行くところが無い、話し相手がいない状態のことよ〉

次女のレグルスさんの言葉も思い出していた。

〈独り法師を解消するには、見知らぬメンバーの集まる旅行やスポーツをするのも良い。ふらっと行ける近くの居酒屋の常連になるのも良い。男性なら食事をしながら一緒に笑える女性を探すのも良い、女性だったら胸の中で思いっきり甘えられる男性を探すのも良い。そうすれば独り法師ではなくなる。仲間ができれば人生の終わりの頃でも孤独感を感じないと思うわ〉

レグルスさんからその解決策も教えてもらっていた。

〈その解決方法は「寄辺《よるべ》」を作るということ。しかし、その人は他の人から見れば独り法師に見えてしまうこともあるのよ。なぜならば「寄辺」は時として他の人には話をすることができない「内緒の人」だったり「秘密の場所」だったりするから。

いつかは再び独り法師になる時がやって来るわ。最期の時を迎えるにあたり、他の人には迷惑をかけてはいけない。だから、人生では勇気を持った行動と内に秘めた覚悟が必要なのよ〉

レグルスさんとの会話の記憶が鮮明に甦ってきた。

「光星さん、いろいろと物思いにふけっているようね」

「そうだね。母親からもらったげんこつのことから走馬灯のように記憶が流れている。げんこつの痛さは人生の初めての記憶なんだけど、その時に何の動物を見ていたか、この前動物園に行って確認してきたんだ」

「何の動物だったの？　きっと光星さんの守り神になっているんじゃないかしら？　人間は歳をとるといろいろな声が聞こえてくるようになるわ。耳鳴りじゃないわよ。人生の経験を積むことによって人間は独りではなくなるのね。だから、いろんな応援団の声がいろいろと聞こえてくるようになるのかな。本当に不思議だわ」

「僕は初めて記憶している動物の姿は覚えていたんだけど、その正式な名前を知らなかった。七十年も経っているのにまだまだ動物園で飼育されていたんだ。びっくりしたよ」

「どんな動物？」

「人間が自分達の生活に利用しやすいように交配を繰り返してきていた動物。その動物は人間が交配する前の野生の絶滅の危機に面している種らしい。太古に近い形で今でも東南アジアの山奥に生息している動物で、種の保全のために動物園で大切に飼育されているんだ。その動物は『セキショクヤケイ』という名前だった」

「光星さんの人生の記憶はそこから始まっていたのね。

生きていける残された時間が少なくなるのを感じると、残りの時間をどう過ごして、自分の生きた証をどのように後世（光星）に繋いでいくか悩む時もあるわ」

「今、ダジャレを言っていた？」

「そうよ、気が付いた？　おばさんジョークよ。

私は人生の最期の記憶として光星さんと誰にも言えない二人きりの想い出を作りたかったの。だけど光星さんはまじめだったからワクワク感が無くってつまんなかったわ。

でも『スピカ』という素敵なニックネームに負けないように、あれから私は、三婆場のお店の要としてずっと福井の街で輝いていたつもりよ。そのニックネームを付けてくれた光星さんと出会えたこと、それが私の人生で誰にも言えないとても大切な想い出なのかもしれないわ」

スピカさんの琥珀のペンダントには、蟻のほかに四つの小さな石が春の太陽の光を受けて「キラッ」と輝いていた。その四つの石の並びは、いつまでも変わらない「春の大三角」のアステリズム、四つの一等星の並びそのものであった。

いろんな話をしていたら、あっという間に帰りの時間になってしまった。

「光星さんにこのペンダントあげるわ。母の形見だけど、光星さんは私よりも長く生きていられる人と思うから。この蟻と競い合って名古屋の街のために一生懸命に頑張ってちょうだいね」

スピカさんがペンダントをはずして、お店にこぼれ入る春の夕方の太陽の光に琥珀を透かしていた。生命豊かな福井の瑠璃色の海を思い起こさせる輝きである。スピカさんはその輝きを自分の心に刻んでいるようであった。

「私の生きた福井という街で、光星さんの元気で変わらない笑顔が見られたから嬉しかった。今度は光星さんが住んでいる名古屋という街で私の笑顔を振りまくことができたら嬉しいわ。近いうちに名古屋に行くわね」

「その時にあの交差点に行ってみようよ。名古屋の栄地区もどんどん変化しているから、それを見た時のスピカさんの驚く顔を見てみたいと思っているよ」

「そうね。時代はどんどん進んで、想い出の街の風景も変わってしまうのね」

「大丈夫だよ、心の中の風景は心の中に変わらない想い出としてしっかり残っているでしょ」

「それがそれぞれの人にとっての大切な宝物ね。この琥珀のように形には残らないかもしれないけど、こうして光星さんと会えたことも私にとってはとても大切な想い出ね。

はい、これどうぞ。大切にしてね。さあお店出ましょうか」

「マスター、また来るね」

「光星さん、また来いや。待っているでのー。俺も歳だから命が終わった時にこの店は無くなってしまうかもしれんが、また来てくれることを期待してそれまで踏ん張ってみるわ。

また会おうぜ」

「ありがとう、美味しかった」

お店を出ると夕日に照らされた白山がしっかりと見えた。

「白山、まだ真っ白ね」

スピカさんは遠くの白山を見ながら呟いていた。

「福井から見る白山がやっぱりきれいね。千三百年も前に泰澄さんが福井方面から白山に登ろうと考えたのもよく分かるわ。この春の季節にまだまだ雪をかぶって真っ白なんだね。あの頂上の世界はどうなっているんだろうね」

「雪山でもすべてが真っ白ではなく不思議な瑠璃色の光を放っている所もあるんだ。その雪が解ける短い夏にお花は一斉に咲いて花畑となり、昆虫や鳥達の命を繋ぐ活動が行われているんだよ」

「そうね。たくさんの生き物がこの地球で生きているのね」

スピカさんは「またね」と言い残してクルッと後ろを向いて歩き始めた。今までの自分の人生を一歩ずつ踏み締めるように、足元を見ながら歩みを進めているようであった。僕はスピカさんが振り向くだろうと思ってその後ろ姿をじっと見つめていた。

スピカさんは通りの曲がり角に差し掛かった。

一瞬立ち止まったように感じた。振り向くかと思われた。何か下を向いて肩が震えていたようにも見えた。

あの時のあの動物園のあの動物の亡霊達がぞわぞわっと僕の周りに集まり始めていた。

〈スピカさんから瑠璃色のバトンを受け取ったようだな。光星さんも人生の最終コーナーを曲がり、ゴールラインの見えないホームストレートに入ったんだ。そのホームストレートはこれからの若い人に自分の経験を伝える場所だ。歩くもよし走るもよし。

人間はこの星の瑠璃色に輝いているすべての生き物と共存する大切さに気が付く時代になってきた。我々は、この地球上の命ある物の生き方にも考慮して最善を尽くし、人々が平穏な生活ができるように考えていかなくてはいけない。そのためにこれから先を見据えて、光星さんは若い人達に自分の経験をしっかりと伝えていくことが大切だ。人生はまだまだこれからだ。その決意をスピカさんに届けようぜ〉

僕の周りがざわついてきた。スピカさんから受け取った琥珀を右手でしっかりと握りしめてスピカさんに向かって右手を大きく振って、自分の与えられた今後の人生を頑張って生きていくことの決意を伝えようと考えた。そのために、恐竜に一番近く絶滅を乗り越えた動物の亡霊達と一緒に雄叫びを上げた。

「コッコッコケーーー、スピカさーーーん、ありがとーーーう」

その雄叫びにスピカさんは振り向いてくれた。

僕の方をしっかりと見て、げんこつにした右手を天空に向かって突き上げた。そのげんこつをスピカさんは自分の頭の天辺に振り下ろしたように見えた。そして、再び右手を突き上げていた。スピカさんの右手のこぶしは瑠璃色の光を放っているようであった。こぶしは、遠くの宇宙から見た地球の姿を思わせた。

僕も右手で自分の頭を思いっきりこづいた。夕闇の始まった天空に多くの星がちらついた。

スピカさんは右手を突き上げたまま前を向いて歩き始めた。僕の方を再び振り向くことも無く、曲がり角から静かに、ゆっくりと、ゆっくりと、自分の住んでいる福井の街に消えていった。

「コッコッコケーーー、ありがとーーーう」

著者プロフィール

澤 我二（さわ こうじ）

静岡県浜松市　1959年５月生まれ
静岡県立浜松北高等学校卒
大手建設会社に勤務し、岐阜営業所長、福井営業所長等を歴任
街づくりを通じ、地元の関係者や社内外の人間関係の在り方の大変さや大切さを痛感していた。64歳にて大病を患い離職する。
現在、NPO 地域健康ライフ研究所　理事

九九翁（山城国伏見の陶工の作の銘款：将棋の盤が九×九であることから盤寿とも呼ばれる年齢の翁）を志賀直哉が「老廃の身」にて触れていることを知り、サラリーマン人生の区切りとして64歳にて自らを「八八翁（はっぱおきな：六十四歳）」と呼び、文筆活動を開始する。オセロは八×八マス目の盤を利用し、白と黒をひっくり返すゲームである。オセロと同様に人生をリバースして楽しもうと決心する。
オセロは「リバーシ」として1890年ごろイギリスで考案されていたと言われるが、オセロのネーミングは日本人である。そのゲームの様に「人生をリバース（生まれ変わる意味を含め）」するために、64歳の「オセロ寿」を人生の再出発点とし、盤寿を迎えられるように残された人生を楽しみたい。

人生の第四コーナーを回り、ホームストレートに入って来た、まだまだ元気な初老の八八翁（おきな）と媼（おうな）に対してのお祝いの年齢を「オセロ寿」と考えた。人生というトラックにおいて第四コーナーまでたどり着けない人も多い。自分はこのコーナーまでたどり着くことができたが、第四コーナーを回った先のホームストレートにはゴールが見えていない。自分が今まで走ってきたトラックを顧みて、仕事を一緒に行ってきた方々への感謝の気持ちを伝えたい。そして、平和の尊さや瑠璃色に輝いている生命の大切さ、若い人達が八八翁（媼）を目指す素晴らしい人生の何らかの参考になればと思い、本小説を著した。

カバーデザイン　作成協力／MOMOE

瑠璃色の琥珀

2024年12月15日　初版第１刷発行

著　者　澤 我二
発行者　瓜谷 綱延
発行所　株式会社文芸社
〒160-0022 東京都新宿区新宿1－10－1
電話 03-5369-3060（代表）
03-5369-2299（販売）

印刷所　株式会社晃陽社

ISBN978-4-286-25879-9　JASRAC 出 2407018-401